Miraç Çağrı Aktaş'tan

Senden Bir Tane Daha Yok
Miraç Çağrı Aktaş

Baskı: Aralık 2022
ISBN: 978-625-6372-01-6
Yayınevi Sertifika No: 31594

Editör: Yeliz Eke
Son Okuma: Oya Özaltın
Sayfa Tasarımı: B&S Ajans
Kapak Tasarımı: Büşra Sena Yılmaz

Baskı
My Matbaacılık San. ve Tic. Ltd. Şti.
Maltepe Mah. Yılanlı Ayazma Sok. No: 8 Kat: 2
Zeytinburnu / İstanbul Tel: 0 (212) 674 85 28
Sertifika No: 47939

indigo yay

İNDİGO YAY. DAĞ. PAZ. REK. LTD. ŞTİ.
Üniversite Mah. Civan Sok. Allure Tower No: 1 Kat: 23 / 330 Avcılar - İstanbul
Tel: 0 (212) 438 17 83 • Fax: 0 (212) 438 17 84
www.indigokitap.com • info@indigokitap.com

İNDİGO YAY Bir İndigo Kitap Yayın Dağ. Paz. Rek. Ltd. Şti. markasıdır.

SENDEN *Bir Tane* DAHA YOK

MİRAÇ ÇAĞRI AKTAŞ

İ N D İ G O   K İ T A P

Karanlık gecelerin de olacak...

Güneş gibi olmalı insan.
Batmasını bildiği gibi doğmasını da bilmeli.
Kendini yakmasını bildiği gibi
kendine ışık da olabilmeli.
İlham olmalı insanlara.
Işık tutmalı yollarına.
Unutma;
Senden başka yok bu dünyada.
Bu kitap bunu hatırlatmaya geldi sana.
Umarım ışık olur hayatına. ☺

Başkaları üzülmesin diye
her şeyi sırtlandığım,
bütün sorumluluğu aldığım ve
kendimi üzdüğüm devir bitti.
Bundan sonra tek çabam başkalarını mutlu etmek
değil, kendimi üzmemek; başkalarına anlatmak
değil, kendimi dinlemek olacak.
Benim yaşadıklarımı siz de yaşayabilir,
bazı şeyleri ben kaldırabildiysem
siz de kaldırabilirsiniz.
Bu bünye artık, gönlü olsun diye
uğruna canımı dişime takıp fedakârlık
yaptığım insanlardan gördüğüm vefasızlığa tok.
Siz eşsizseniz,
benden de bir tane daha yok!

Küçük şeylerden mutlu olmasını bilene hayat daha yaşanır hale gelir.

Bilmiyorum koronavirüs pandemisinin hangi ayıydı, ayın kaçıydı. Hangi gündü, günün hangi saatiydi hiç hatırlamıyorum. Rutine alışan hayatım, ruhum ve bedenim her gün, "Bir şeyler yap lütfen, çok sıkıldık," diye alarm veriyordu. Yemek masası, koltuk ve yatak arasında sıkışıp kalmıştım âdeta. Öyle bir hal almıştı ki bu süreç, artık hayatın böyle devam edeceğine ikna olmuştum.

Gücüm tükenmişti, kendimi zamanın bir yerinde unutmuş gibiydim. Yine böyle hissettiğim bir gün çok yakın bir dostum aradı. "Hava çok güzel dışarıda. Bir kahveye ne dersin?" dedi. Bana iyi gelebileceği düşüncesiyle bu teklifi kabul ettim. Gerçekten de dışarıda harika bir hava vardı. Deniz kenarındaki parkta sandalyelerimi açtığımda güneşin ve ılık meltemin verdiği haz muazzamdı. Üstelik çıplak ayaklarım taze çimlerle henüz buluşmamıştı bile. Sıcak bir kahve boğazımdan henüz geçmemiş ve ruhumu dinlendiren müzikler henüz dinlenmemişti. Sandalyeme boylu boyunca oturup bedenimi güneşe, gözlerimi de denizin maviliğine teslim ettim.

Bir süre sonra arkadaşım geldi ve yanımdaki sandalyeye oturdu. Enerjisi ve yüzünden eksik olmayan gülümsemesi hemen dikkatimi çekti. Sormadan kendimi alamadım, "Bunu nasıl başarıyorsun. Böyle bir ortamda ve böylesi bir dünyada nasıl oluyor da böyle pozitif kalabiliyorsun?" diye. Çünkü zor bir hayatı olduğunu ve tek başına ağır sorumluluklar yüklendiğini biliyordum.

Önce bana baktı, sonra denize ve gökyüzüne çevirdi başını. "Bak dedi, şu an şurada gördüklerim bile bana sunulmuş bir hediye. Mesela şu an gözlerini kapat ve derin bir nefes al. Sonra da sadece bu nefes için teşekkür et, şükret. Bizler hayatın dertlerine öyle odaklanmışız ki nimetlerini hep göz ardı ediyoruz. Tabii ki hayatım hiç kolay olmadı, asla da olmayacak. Bunu çok iyi biliyorum. Ama yaşanmışlıklarımı değiştiremem, yaşayacaklarımı bilemem. Öncesine gücüm yetmez, sonrasını da kimse bana garanti edemez. Şu anın kıymetini ve lezzetini, pişmanlıklar ve bilinmezlikler arasında kurban etmemeye çalışıyorum sadece. Küçük mutluluklarıma büyük anlamlar yüklüyorum. Zihnimin bir yerinde beni dibe çekmeye çalışan karamsar düşüncelerim var elbette. Ama onları görmezlikten geliyorum. Günümü zehir etmelerine izin vermiyorum. Kaygılarımı karamsarlığımla beslemiyorum. Güzel şeyler düşünmeye çalışıyorum. Mesela hayatıma küçük dokunuşlar yapıyorum. Her gün mutlaka yarım saat kitap okuyorum. Böylece başka hikâyeler ve insanlar tanıyorum. Her gün bir saat yürüyüş yapıyorum. İnan bana, sonrasında kendimi çok iyi hissediyorum. Her gün yerli/yabancı yeni müzikler keşfediyorum. Bu sayede ruhumu besliyorum. Mesela bugün *Spring Waltz* favorim oldu. Bunu uzanırken, iş yaparken, uyumadan önce ya da kitap okurken mutlaka dinle. Emin ol ki yorgunluğuna çok iyi gelecek. Ruhun dinlenecek. Sonra her sabah uyandığımda, aç karnına yarım litre limonlu su içiyorum. Ve dolabımdan kırmızı pancar salatasını asla eksik etmiyorum. Faydaları mı? Anlatmakla bitmez ki. İnan bana, bedenin sana teşekkür edecek, ışıldayacak ve canlanacak. Her gece yattığında o güne ait seni mutlu eden üç güzel davranışını hatırla. Hayatından, 'artık çok geç, zorundayım, aman boş ver vb.' diye başlayan ve biten kelimeleri çıkar. Affetmeyi öğren. Ama buna önce kendinden başla. Şunu sakın unutma; hayatında değişiklikler yaparken bunu küçük adımlarla yap mutlaka. Çünkü büyük adımlar daha zordur. İnsanlar büyük değişimlere direnç gösterirler. Ama şunu da unutma lütfen; başa gelene sabrettiğin, elde olana şükrettiğin ve sırtını dayayabileceğin inancın olduğu sürece seni hiç kimse, hiçbir şey yıkamaz."

"Eski zamanların birinde bir ülkenin sultanı, kendisi için çok değişik bir yüzük yapılmasını ister. Öyle bir yüzük ki mutsuz olduğunda umudunu tazelesin, mutlu olduğunda ise ona mutluluğun rehavetine kapılmaması gerektiğini hatırlatsın. Hiç kimse sultanı tatmin edecek böyle bir yüzük yapamaz. Sultanın adamları da bilge dervişi bulup yardım isterler. Derviş, sultanın kuyumcusuna hitaben bir mektup yazıp verir. Kısa bir süre sonra yüzük sultana sunulur. Sultan önce çok şaşırır ve sinirlenir; çünkü son derece sade ve basit bir yüzüktür bu. Sonra üzerindeki yazıya gözü takılır. Biraz düşününce yüzüne büyük bir mutluluk ışığı yayılır: Ya Hu!'"

"Hiç kimseye acınızı göstermeyin,
çünkü ateşinize kimin odun atacağını bilemezsiniz."

Şener Şen

İnsanların günden güne yalnızlaştığı, acımasızlaştığı, iyilikten ve vefadan uzaklaştığı zor zamanlardan geçiyoruz. Duyguların insanlıkla beraber yok olduğu zor zamanlar. İnciten, kıran ve sonrasında da dönüp arkasına bakmayan insanlarla çevriliyiz.

Çoğu insan tutunacak, yaslanacak ve güvenecek bir yüreğin özlemini çekmekte; ama şu zaman, insan fakiri, insanlık fakiri. İşte bu yüzden her insan düşmemek için daha sıkı sarılıyor kendine, sebeplerine ve hayallerine. Kimseden medet ummuyor da şifayı yine kendinde arıyor ve bu konuda zamanla da ustalaşıyor. Çünkü adı gibi biliyor ki düşerse el uzatmazlar, yüzüne bakmazlar ve onlar için geçmişte yapılan iyilikleri hatırlamazlar. Yani marifet sadece yaşamakta değil, aynı zamanda da yıkılmamakta.

Bilir misin, "kırık cam teorisi" nedir? Tam da anlatmak istediğim konunun günümüz psikolojisindeki karşılığıdır.

Gel, biraz daha netleştirelim konuyu. 1969 yılının ABD'sine kadar gidelim. Suç oranlarının yüksek olduğu dönemde, suç psikoloğu Philip Zimbardo bu konuya kafa yorar. Suç oranlarının yüksek olduğu bir bölgeye kaputu aralık bir otomobil bırakır. Aynı model başka bir otomobili de zenginlerin yaşadığı bir bölgeye yine aynı şekilde konumlandırır. Suç oranlarının yüksek olduğu yerde otomobil yirmi dört saat içinde yağmalanır ve sadece kaportası kalır. Zengin mahallemizde ise bir hafta geçmesine rağmen otomobile hiç kimse dokunmaz. Bunun üzerine profesör öğrencilerinden otomobilin bir camını kırmalarını ister. Öğrenciler istenileni yaparlar. Akşama kadar otomobil tanınmaz hale gelir. Bütün camları kırılmış, kaportası çizilmiş ve içi çöplüğe dönmüştür.

Zimbardo şu sonuca varır: **"İlk camın kırılmasına müsaade etmeyeceksiniz. Ya da kırılan camı en kısa zamanda tamir edeceksiniz ki diğerleri bundan cesaret alıp diğer camlarınızı da kırmasınlar."**

Yani diyor ki, hele bir düşün, ne hatırınız kalır ne de canınız. Sizi yıkılmış gören birçok insan, (bunların arasında dost bildikleriniz de ön sırada yerini alır) halinize bakmadan ve hiç acımadan sizden paylarını alırlar. O tabloya baktığınızda, "Sen de mi!" diyeceğiniz o kadar tanıdık yüzle karşılaşırsınız ki kendinize mi yanarsınız, verdiğiniz emeğe mi, bilinmez.

Şimdi şunun üzerine dikkatlice düşünmenizi istiyorum. Yalanını yakaladığınız, sizi aldattığını öğrendiğiniz ve şiddetine maruz kaldığınız insanlara nasıl tepki verirsiniz?

Onları affeder misiniz yoksa bazı şeylerin affi ve telafisi olmaz diye tüm ilişkinizi keser misiniz? Peki, sizin yeterince tepki vermediğinizi gören insanlar bu tür davranışları alışkanlık haline getirirler mi?

Hadi başka bir açıdan da bakalım. İşyerinde ya da evde, başkalarının sorumluluklarını birkaç kez üstlendiğinizde, yaptığınız iyilik, sonra göreviniz haline geliyor mu? Zamanında söndürülmemiş bir kıvılcım, üzerine gidilmemiş bir kötülük ve sınırları net çizilmemiş sorumluluklar, sonrasında önüne geçilemez büyük sorunlar olarak karşımıza çıkar.

İnsanlara sizinle ilgili konuşurlarken "ona bir şey olmaz, o alışkın, o güçlüdür, halleder" rahatlığını asla vermeyin. Çevrenizdeki herkes ama herkes sizin de canınızın yandığını, istemediklerinize, "Hayır!" dediğinizi ve en önemlisi de kendinizi önemsediğinizi bilsinler. Siz hiçbir ortamın, hiçbir insanın ve hiçbir hayatın kırık camı değilsiniz. Hiç kimsenin sizin hakkınızda böyle düşünmesine de izin veremezsiniz. Şu hayatta herkes değerini kendisi belirler.

Ve siz de çok değerlisiniz...

Hayata İnce Tarafından Bakanlar

"Ah, kimselerin vakti yok.
Durup ince şeyleri anlamaya."
Gülten Akın

Bu yazıyı yazmaya karar verdiğimde aklıma ilk gelen, Cahit Zarifoğlu'nun şu cümlesi oldu:

"Bir incelik gösterin, incinmesin yüreğim." Sonra ince düşünme ile incinmenin birbirine ne kadar da yakın olduğunu fark ettim. İnce düşünen insanların hayatlarının gerçekten de ne kadar zor olduğunu hayal ettim. Osho, "İnce düşünen insanlar, hep daha çok incinir," derken hayata ince tarafından bakanların mağduriyetini çok net özetlemiş aslında.

İlk önce sevginin bittiğine, sonra saygının sona erip günden güne bu yeryüzünü terk ettiğine şahitlik ettikçe bu insanların neden yalnız kalmakta bu kadar ısrarcı oldukları gerçeğini anladım. Bu insanların bir ters bakışa koca bir günü, patavatsız bir insanın dudaklarından çıkan bir söz için uykularını heba ettiklerini iyi biliyorum.

Toplumda saygısız insanların sayısı arttıkça iyi, güzel ve ince yürekler kendilerini eve kapatır oldu. Çevremde bunu çok görüyorum. Çektikleri tüm sıkıntı bir yana, bu insanlar toplumda uyumsuz ve geçimsiz olarak etiketleniyor. Ne yazık, değil mi? Oysa ağızlarından çıkacak her sözün; üzerine düşünülmüş, muhatabı kırılmasın veya yanlış anlamasın diye her türlü yanlış anlamadan ayrıştırılmış ve içine bol miktarda da saygı eklenmiştir. Çünkü bu insanlar incinmekten çok birini istemeden incitmekten korkarlar. İncinmenin ne olduğunu çok iyi bildiklerinden ve sık sık yaşadıklarından hiç kimseyi kırmak istemezler. Dostluk ilişkileri, aşk ve iş hayatları zorludur. Kolay kolay bir ilişkiye başlayamazlar, başlasalar sürdüremezler. Davranışların bazen sert, sözlerin ağır olduğu ve duyguların karmakarışık yaşandığı aşk, onlar için çok yıpratıcıdır. Kafalarının içindeki dünya, dışarıdaki dünyaya hiç benzemez. Hayal ile hakikatin birbirine ters düştüğü ikilemlerin, çözümsüz denklemlerin ve sürekli iç mücadelelerin insanıdır onlar.

Kimbilir, "Ben dünyadan ziyade kendi kafamın içinde yaşayan bir insanım," diyen Sabahattin Ali de aynı incelikle görmüştür yaşadığı zamanı. Sürekli bir değişim çabaları vardır. "Bir daha asla," diye başlayan sözlerin ve yeminlerin haddi hesabı yoktur ama huy değişmez. Gün sonunda yine o ağrılı baş, tüm yorgunluğuyla devrilir yastığa. Şimdi hadi uyu bakalım uyuyabilirsen. Ve kafada bin bir soruya mantıklı bir cevap ver verebilirsen.

"Onlardan istediğim, biraz incelik ve biraz da saygıydı. Benim onlara davrandığım kadardı tüm beklentim. Attıkları adıma, konuştukları söze ve her gün baktıkları şu yüze karşı biraz daha dikkatli olamazlar mıydı? Benim onları anladığım kadar, onlar da beni anlayamazlar mıydı? Sahi, çok şey mi istedim?"

Bu tür sorgulamaların insanı hasta edebileceğinin farkındasınız, değil mi? Hayata ve insanlara karşı toleransınızın günden güne tükendiğini biliyorsunuz, değil mi? Sizin için bu yazıyı bitirirken birkaç tavsiye bırakıyorum. Umarım bir tanesi size iyi gelir de kendinizi boş yere yormayı bırakırsınız.

* Şu zamanda insana kendi düşünceleri bile çok ağır gelirken, başkaları adına düşünmeyi ve olayları ayrıntılarıyla irdelemeyi bir kenara bırakın. Kendi hayatınıza odaklanın.
* Ruhsal yorgunluğun insanı, fiziksel yorgunluktan çok daha fazla olumsuz yönde etkilediğini unutmayın. Bedeninizi dinlendirdiğiniz gibi ruhunuzu da sık sık dinlendirin. Düşüncelerin en yoğun olduğu dönemlerde onlardan uzaklaşacak aktivitelerde bulunun. Böyle zamanlarda spor ve egzersiz yapın. Fiziksel aktiviteler sizi hem sakinleştirir hem de iç dünyanızı sizden uzaklaştırır.

* İnsanlarla empati kurabilmek güzeldir; ama başkalarını anlayacağım diye kendi mutluluğundan, huzurundan ve hayatından sürekli ödün vermek, onları mutlu etmek için kendini ihmal etmek takdir edersiniz ki tavsiye edilen bir durum değildir. Siz mutlu değilseniz hiç kimseyi mutlu edemezseniz. Ve en kötüsü de nedir, biliyor musunuz? İyilik amacıyla yaptığınız her ne varsa gün gelir sizin göreviniz olur. İnsanlar sizi iyi biri olarak görmeyi bırakıp iyi bir imkân olarak görmeye başlarlar.

Artık her şeyin kısa sürede tüketildiği bir çağda yaşıyoruz. İnsanlar hayatlarındaki her şeyi hızla tüketip yenilerini arıyorlar. Maalesef ki en hızlı tüketilenlerin başında maddesel şeyler değil, insanın kendisi geliyor. İnsanlar sizi tüketmek için bu kadar istekliyken, siz bari kendinizi tüketmeyin. Gereksiz kaygılarla, sorularla ve bir dakika bile üzerine düşünmeye değmeyecek insanlarla ömrünüzü ziyan etmeyin.

Enerji bulaşıcıdır.

Atasözlerinin hiçbirinin boşuna olmadığını, söyleneli yıllar geçmesine rağmen hâlâ hatırlanıp uyarlanmalarından ve onlara hayatımızda yer vermemizden anlamak mümkün. En sevdiklerimden biri de: "Üzüm üzüme baka baka kararır." Al bu sözü nereye koyarsan koy, her konuya uyar; nereye çekersen çek, oraya gider.

Pozitif olabilmenin insan hayatında ciddi önem taşıdığını ve hayatımızdaki insanların her şeyimizi etkilediğini, yaşadıklarımıza yön verdiğini düşünüyorum. Her zaman hayati önem taşıyan ve dikkate alınması gereken bir gerçeği şu şekilde ifade ediyor Jim Rohn; "İnsan, en çok zaman geçirdiği beş insanın ortalamasıdır."

Üzgünsen, kırgınsan, kızgınsan, mutsuzsan, hissizsen ve hayatında daha önce yaşamadığın kadar bir üşengeçliğin içindeysen, olduğun yerde sayıyor ve yol alamadığını düşünüyorsan, gelişemiyorsan, yenilenemiyorsan, şimdi dış faktörleri yani hayatına aldığın insanları değil kendini sorgulama zamanı. Yani çuvaldızı kendine batırma zamanı. Birlikte en çok zaman geçirdiğin insanların ortalaması olduğun hayatta, yer verdiğin ve seni etkileyen insanları elekten geçirme zamanı. Sorgulama zamanı; ama kendini. Hayatında ne tür insanlara yer verdiğin gerçeğiyle yüzleşme zamanı. Enerjiye inanırım. Enerjinin bulaşıcı olduğuna da inanırım.

İnsan yanılabilir ama kötü enerji aldığın çoğu şeyin hayatında olmaması gerektiği gerçeği de bir gün sert bir tokat gibi iner yüzüne. Sonra da enerjisine inandığın ve pozitifliğinden ilham alacağın insanlara yer vermen gerektiği gerçeğiyle tanışırsın.

Evet, üzüm nasıl üzüme baka baka kararıyorsa biz de negatif insanları hayatımızda tuta tuta kararıyoruz.

Sorgulamak kötü bir şey değil. Sorgulayın. Hayatınızdaki insanların yapısının pozitif mi yoksa negatif mi olduğunu sorgulamak iyi gelir.

Pozitif insanlara hayatınızda yer vermek;

- Ruhunuzu yeniler.
- Size ilham verir.
- Sorunlara değil çözümlere odaklanmanız gerektiğini öğretir.
- Size enerji verir.
- Motivasyonunuzu artırır.
- İletişiminizi ve ilişkilerinizi güçlendirir.
- Özgüveninizi tazeler.

Negatif insanlara hayatınızda yer vermek;

- Mutsuzluğu ve umutsuzluğu artırır.
- Enerjinizi emer.

- Çözümlere değil sorunlara bağlı kalmanıza neden olur.
- Zaman kaybettirir.
- Sizi aşağı çeker.
- Ruhunuzu zehirler.
- Işığınızı keser.

Pozitif insanların bize kattıklarını ve negatif insanların bizden götürdüklerini say say bitiremeyiz. Sadece sorgula ve şu gerçeği de asla aklından çıkarma; istemediğin hiç kimse kalamaz hayatında. İyi ya da kötü ne yaşıyorsan hayatındaki insanların az da olsa bunda payı var. Onların hayatında olmasının da bir nedeni var fakat herkesi bir arada tutamazsın. Hayatındaki insanları elekten geçirmeli, eleğin içinde kalanları elemelisin. Pozitif insanlara hayatında yer vermen seni yarışta tutacak ve en büyük ilham kaynağın olacak, göreceksin.

Sana iyi gelenlerle yoluna devam etmelisin, yolu zehir edenlerle değil.

Bir üzüm değildin ama sen de negatif insanları hayatında tutarak çok karardın be canımın içi.

Hayat, mucizelerini harekete geçenlere yollar.

Hani olur ya, bazen içinde bulunduğumuz konfor alanını terk etmemek için hepimizin dilinden dökülüverir şu cümle: "Geç kaldım."

"Geç kaldım, olmuyor, yapamıyorum, yapamam" gibi düşüncelere kapılıyorsun ya, arılar bile 1 gram bal için çiçeklere ortalama 7.000 uçuş yapıyor; söylesene sen neye geç kaldın? Ya korkup kaygılanırız ya da harekete geçmemek için üşengeçlik eder, bir adım bile atmaz, suçu hemen zamana atarız. Aslında bu noktada kendimize büyük bir haksızlık ederiz ama farkına varmayız.

Oysaki çoğu şeye, "Geç kaldım," deyip kendimizi bu duruma teslim etmek yerine harekete geçip içinde bulunduğumuz konfor alanını biraz terk etsek çok daha farklı olacak. Bunu aslında hepimiz biliyoruz. Sadece kendimizi kandırıyoruz. Neymiş, geç kalmışız. Hayır efendim, hiçbir şeye geç kalmadık. Üşengeçliğimizden bahanelerin arkasına saklandık. İnsanın hayatta olduğu sürece hiçbir şeye geç kalmadığını çok iyi biliyorum. Bunu sizin de bilmenizi istiyorum.

Unutmayın, bir şeyleri değiştirebilme ve başarabilme imkânına sahip olmayanlar, yalnızca ölülerdir. Hâlâ nefes alabiliyorsan hiçbir şey için geç kalmamışsın demektir. Çünkü yaşayan her insan bir şeyleri değiştirebilme, başarabilme biletine sahiptir ama o bileti kullanmak yerine yolculuğa çıkmaya üşenir, hepsi bu.

İki ihtimal var: Ya içinde bulunduğun konfor alanında her şeye geç kaldığını düşünerek bu hayattaki evrimini tamamlayacaksın ya da artık bir şeyleri değiştirebilme imkânının farkına varacak, harekete geçecek, mümkün olduğunca yol alacaksın.

Hayat, sadece oturduğu yerden konuşan ve bahanelerin arkasına saklanan insanlara hiçbir şey vermez. Mucizelerini adım atanlara, harekete geçenlere yollar. Öğrenmenin, değişmenin, gelişmenin, başarmanın, yenilenmenin, sevmenin asla yaşı yoktur.

Bilenleriniz vardır belki "Tolstoy'un bisikleti" hikâyesini.

"Yedi yaşındaki oğlu Vanichka'yı kaybeden Tolstoy acısıyla başa çıkmaya çalışıyormuş. O dönemde Moskova Bisiklet Sevenler Derneği ünlü yazara bisiklet hediye etmiş.

Eşi Sonya'nın endişeli bakışlarıyla, düşe kalka altmış yedi yaşında bisiklet sürmeyi öğrenen Tolstoy, oğlunun acısını böyle hafifletmiş ve artık her yere bisikletiyle gitmeye başlamış. Bu olayın sonunda **Tolstoy'un bisikleti** kavramı ortaya çıkmış."

Kemal Sunal'ın hikâyesi de bu noktada ilham verici. 1980 öncesinde Marmara Üniversitesi İletişim Fakültesinde öğrenciymiş Kemal Sunal; ancak siyasi olaylar yüzünden okulunu yarım bırakmış. 1992 yılında afla okuluna dönmüş ve yirmi yedi yıl sonra almış diplomasını. Mezun olduktan sonra radyo, televizyon ve sinema dalında yüksek lisansını da yaparak eğitim hayatına başka bir başarı daha eklemiş.

Bunlar gibi başka örnekler de var ilham almak isteyene. Geç kaldığı bahanesine saklanan ile harekete geçen insanların arasında çok önemli bir çizgi vardır bana göre; ben buna hayata bağlılık diyorum.

Ne olursa olsun hayata bağlı insanlar bahanelerin arkasına saklanmaz. Konfor alanının dışına çıkar, harekete geçer; bir şeyleri değiştirmek, gelişmek, başarmak için çabalar.

Yaşamla bağı kopmuş insanların dilinden sadece şu cümle dökülür: "Geç kaldım..."

Tolstoy'a altmış yedi yaşında bisiklet sürmeyi öğreten, Kemal Sunal'a elli bir yaşında diploma aldıran hayatta, sahi sen bir şeylere geç mi kaldın? Bir daha düşün...

Hayattan keyif almaya çalışmazsanız kapınıza kederden başka bir şey gelmez.

Hayatta anlayamadığım ya da anlamak istemediğim şeylerden biri de insanların bana, "Hayat sana güzel," demesi olmuştur. Buna hiçbir zaman anlam veremedim. Kendileri sanki benimle aynı hayatı yaşamıyormuş, aynı gökyüzünü paylaşmıyormuş gibi bana, "Hayat sana güzel," demeleri her zaman garip gelmiştir. Hayatın kime güzel olup olmadığına yalnızca dışarıdan görmek istenilen pencereden bakılıp karar verilemeyeceği kanısındayım.

Kimin ne sınavlar verdiğini de bilemeyiz. Her şeye rağmen yine de gülmeyi başarabilen, hayattan biraz da olsa keyif almayı bilen ve enerjisini her daim yenileyebilen insanlara, "Hayat sana güzel," deyip işin içinden sıyrılamazsınız. Başkaları hayatlarını size göre bu kadar güzel yaşarken, "Acaba hayat bana neden güzel değil?" diye kendinize sordunuz mu? İnsanların hayatlarıyla ilgilenmek yerine sizin olanı güzelleştirmek için çabaladınız mı? Ya da yeteri kadar çabalıyor musunuz?

Bu hayat neden size güzel değil acaba, hiç düşündünüz mü mesela? Çuvaldızı kendinize batırdınız mı? Sanmıyorum. Sinekten yağ çıkarırmışçasına kendi mutluluğunu bir şekilde inşa etmiş insanlara, "Hayat sana güzel," demek daha kolaydır çünkü.

Hayat kimseye ekstra bir şey sunmuyor. Bana da sunmadı. "Hayat sana güzel," diyen insanlarla benim aramda hiçbir fark yoktu. Hayat kimseye torpil yapmaz. Daha güzel hayat yoktur. Hayatını güzelleştiren ve güzelleştirmeyen insan vardır.

O yüzden yaşadığı hayattaki zenginlikleri görmeyip bana, "Hayat sana güzel ya!" diyen insanlara cevabım hep kısa ve net olmuştur: **"Hayat bana güzel değil, siz yaşamayı bilmiyorsunuz."**

Ve gerçekten de bilmiyorlar, evet. Bir gün bana elli saat, onlara on saat değil.

Aynı gökyüzünü paylaşıyoruz. Aynı havayı soluyoruz. Gökyüzü bana mavi iken başkalarına siyah da değil. Ya da dalgalar yalnızca benim denizimin kıyısına vurmuyor. Kuşlar yalnızca benim gökyüzümde kanat çırpmıyor.

Hayatın başkalarına güzel olduğunu söyler durursanız size sunulan güzellikleri de kaçırır, yaşayamaz, monotonluk içinde sıkışır kalırsınız. Mutluluğumda gözü varmış gibi bana, "Hayat sana güzel," diyenlere sormak istiyorum:

Sırtımda boyumdan büyük dertleri omuzladığım ve yalnız kaldığım zamanlarda yanımda mıydınız? Hiç anlaşılmadığım, çok şeyi içimde yaşadığım ve her gece, "Allah'ım yardım et bana!" diye yalvardığım gecelerde var mıydınız?

Peki, kapıların yüzüme birer birer kapandığında bana gönül kapınızı açar mıydınız? Derdime bakıp benimle beraber ağlar mıydınız?

Dışarıdan gördüğünüz hayatların ne sınavlar verdiğini bilemezsiniz. Her zaman kendi hayatına odaklanmış, hiç kimsenin hayatıyla ilgilenmeyen, odağı daima kendi hayatı olmuş ve kendini "her koyun kendi bacağından asılır" sorumluluğuyla yetiştirmiş biri olarak söylüyorum; kimin güzel bir hayat yaşadığıyla ilgilenmek yerine kendi mutluluğunuzu inşa edin. *Başkalarının hayatında figüran olmak yerine, kendi hayatınızın mimarı olun.*

Klasik bir tabir ama ben şunu bilir şunu söylerim: *Hayat yaşamasını bilene güzel...*

Hayat ve şartları zaman zaman bizi zorlasa da keyif alacak, mutlu olacak ve huzuru keşfedecek kanallar bulmalıyız. Hayattan keyif almaya çalışmazsanız kapınıza kederden başka bir şey gelmez. Sizi neyin mutlu edeceğini, neyin huzurlu hissettireceğini siz biliyorsunuz. Her insan kendi hikâyesinin kahramanı. Başkalarının değil, kendinizin kahramanı olun. Hayatı güzel yaşamaya onlar kadar sizin de hakkınız var.

Daha net anlaşılması için hadi gelin konuya biraz da bilimsel açıdan bakalım. Uzmanlar buna **"ördek sendromu"** demiş. Yani tatlı su birikintisinin üzerinde hiç çabalamadan kayıyormuşçasına süzülen ördeklerden yola çıkmışlar. Birçok insanın, o ördeklerin suyun üzerinde zahmetsizce ilerlediğini gördüğünü ama yol alabilmek için o suyun altında nasıl da çırpındıklarını fark etmediğini gözlemlemişler ve bu durumu gerçek hayata uyarlamışlar.

Dışarıdan gördüklerinizin başka, derinde yaşananların bambaşka olabileceğini, önyargılarınızın sizi çoğunlukla yanıltabileceğini ve gerçeklerin sizi şaşırtabileceğini unutmayın. Tanımadığımız insanları uzaktan yargılamayı, onlar hakkında hikâyelerini hiç bilmeden konuşmayı ve süreci anlamadan hemen sonuca ulaşmayı nedense çok seviyoruz. Hayat ne ekranlarda gördüğünüz gibi tozpembe ne de bir davranışla yargıladığınız kadar basit.

Suyun üzerine bakıp da hiç kimseye, "Hayat sana güzel," demeyin. Bir gözünüz de suyun altında olsun lütfen. Çünkü asıl hikâye orada yaşanıyor.

Şimdi kendine şu soruyu sor:
Hayat başkalarına mı güzel,
yoksa ben mi yaşamayı bilmiyorum?

Ne güzel bir tesellidir, ferahlatır sıkışmış kalpleri: Allah'ın dediği olur.

Her zaman son sözü söyleyen, senin için olmazları olduran, senin bile bilmediğin planları olan ve hayırsızları dahi hayırlara çıkaran biri var: bir olan Allah.

Hepimiz bir hayat telaşıdır, kapılmış gidiyoruz. O kadar hızlıyız, o kadar yoğun ve kapılmışız ki hayatın telaş akıntısına. Ve tüm bunları yaşarken de o kadar sıkışmış ki kalbimiz ve bir o kadar da ihtiyacı var ki ferahlamaya, rahatlamaya. Akıntıya kulaç atmaktan yapamıyoruz, başaramıyoruz. Biraz oturup dinlensek, soluklansak ve bıraksak şu bir yerlere, birilerine yetişme çabasını. Göreceğiz o detayı.

Ne yaparsak yapalım, ne kadar didinirsek didinelim, hayat telaşının akıntısında ne kadar kulaç atarsak atalım, hepimizin şu gerçeği hatırlamaya ihtiyacı var: Allah'ın dediği olur.

O, nelere olmaz dersin de, ne olmazları oldurur.

Sadece biraz yavaşlamaya, bir şeyleri zorlamaya değil de her şeyin olması gerektiği gibi olduğuna inanmaya ve senin için her zaman en hayırlısını veren biri olduğunu hatırlamaya ihtiyacın var.

İnsan unutur ama şu bir gerçektir: Her zaman Allah'ın dediği olur.

Bu zamana kadar istediğim şeylerin
olmayışının arkasında benim için
her zaman bir hayır olduğunu gördüm.
Allah'ın her zaman bizim için görmediğimiz
planları ve mucizeleri var gerçekten.
Bütün sığınmalarım sana Allah'ım.

İnsanlarla ve hayatla uğraşmaktan
yorulup yıpranan her insan,
zamanla sadeliği ve dinginliği seçer.

Bilmiyorum siz de farkında mısınız, bu aralar ne de çok gitmek isteyen var uzaklara. Kimileri hayat şartlarının zorluğundan yılmış, kimileri hayatı onlara çekilmez hale getiren insanlardan. Herkes bir dağ başının, deniz kıyısının ya da ne bileyim bulunduğu yerin çok uzağının hayalini kuruyor.

Yani herkesin günden güne içinde büyüyen ve omuzlarına yüklenen bir yorgunluğu var. Herkes hayatında bir sadelik, ruhsal arınma ve az insan olsun istiyor. Herkesin canı geri dönüşü olmayan yolculuklar çekiyor. Bu sürecin yaşla da pek ilgisi olmadığını düşünüyorum.

Rakamlara ve yıllara takılmayın. Kiminin altmışına kadar yaşadıklarını kimi gençken yaşar. Olgunluk, her ne kadar farkındalık ve bir aydınlanma dönemi olsa da, aynı zamanda bu farkındalığın getirdiği bir yalnızlık dönemidir. Ama bu yalnızlık, istenmeyen bir durum değildir. İnsanlarla ve hayatla uğraşmaktan yorulan ve yıpranan her insan, zamanla sadeliği ve dinginliği seçer. Bu bir kaçış da değildir. Bu bir arınma ve kendini bulma dönemidir. Herkese yetişme ve insanları memnun etmeye çalışma döneminden sıyrılıp kendine ait olma dönemidir.

Ne kadar uygularsın bilmem ama sevginle güzelleşmeyen ve sana iyi gelmeyen insanlardan gitmen, seni kötü biri yapmaz. Bu, iyilik yaptığın anlamına gelir, onlara da kendine de...

Bu insanlar seni incitme hakkını nereden buluyorlar?

Yaptığımız en büyük hatalardan biridir, duvarları nerede öreceğimizi ve köprüleri nerede kuracağımızı bilememek. Bu durum pişmanlıklarımızın, kaygılarımızın ve çektiğimiz acıların genel sebebidir. Herkesin hayata karşı bir duruşu, kişiliği ve "olmazsa olmaz" dediği prensipleri vardır.

Ama bazen bu kurallarımız, duygusal kararlarımız sayesinde göz ardı edilir. Buna insanlık mı, iyi niyet mi yoksa duygusallık mı desek bilemiyorum. Ama şunu çok iyi biliyorum ki birçoğumuz böyle adımlarımız sonrasında kendimize hep şunu sormuşuzdur: "Ben bu hatayı nasıl yaptım?" Tabii ki hayatta hatalarımız ve yanlış kararlarımız olacaktır. Kendimize çok kızdığımız, kendimize yakıştıramadığımız yanlışlarımız elbet olacaktır.

Ama insanlarla mesafeli olma konusunda şu gerçeği asla unutmamalıyız: Karşımıza çıkan her insan bir şekilde sınırlarımızı zorlayacaktır. Nerede durmaları, nerede konuşup nerede susmaları gerektiği tamamen bizim tavrımıza göre belirlenir. Her insanın kendini güvende hissettiği kırmızı çizgileri vardır. Haddini aşan ve bunu sürekli yapan insanlara, "Neden böyle davranıyorsun?" demek yerine, önce kendimize şu soruyu sormalıyız: "Bu insan beni incitme hakkını nereden buluyor?"

Aslında cevap da tam olarak bu sorunun içinde gizlidir. Sana böyle davranmasına sen izin vermişsindir. Üzerinde hâkimiyet kurup seni istediği gibi yönlendiren ve duvarlarını rahatça yıkabilenler, muhtemelen senin zaaflarını da çok iyi bilen ve her fırsatta bunu kendi çıkarları için kullananlardır. İnsanlar seninle iletişim kurarken ve seninle ilgili kararlar alırken, bir birey olduğunu, hassas noktalarının bulunduğunu ve her şeye "evet" demeyecek kadar prensip sahibi olduğunu bilmelidirler. Birileri senin hakkında, "Ona sormaya bile gerek yok," diyebiliyorsa, böyle konuşma hakkını onlara verdiğin için bu tavırdan önce kendini sorgulamalısın. Sen kimsenin oyuncağı ve kimsenin hayatında bir figüran değilsin. Hiç kimse hayatınla ilgili karar alamaz. Kimse sana yokmuşsun gibi davranamaz.

Bir oyun kurulurken en son tercih edilen çocuğun boynunun nasıl büküldüğünü, gözlerinden okunan değersizlik hissinin ne kadar büyük olduğunu ve canının nasıl yandığını çocukluğundan hatırlarsın. Hayatın da aslında bir oyun olduğunu düşün ve önceliği sen olmayan hiç kimseyi hayatında tutma. Kimin yanında olacağına karar verdiğin gibi, kim senin yakınında olmalı, buna da sen karar ver. Yoksa nerede duracağını, nasıl karar vereceğini, kime inanıp kime inanmayacağını bilmeyenlerin hayatları hep başkalarının gölgelerinde geçer. Var ile yok arasında bir yerde yaşarlar. Çabuk yönlendirlirler, çabuk kandırılırlar, kullanılır ve çok yaralanırlar. Sonrasında, "Bu insanlar hep mi beni bulur," gibi derin bir pişmanlık duygusuyla çevrelerini suçlarlar.

Peki, bu insanlar neden seni buluyor? Neden sen? Çünkü hayata karşı dik duramadığın, hayatını hep başkalarının eline bıraktığın ve insanlarla arana net mesafeler koymadığın için bu insanları hayatına sen çekiyorsun. Çıkarcı ve kötü niyetli insanların en sevdiği kişiliğe sahipsindir belki. Onlar kullanabilecekleri insanların kokusunu çok uzaklardan alabilecek kadar yeteneklidir. Güçlü ve ne istediğini bilen insanlarla zaman kaybetmez onlar. Sömürmek için bağımlı ve kendine güveni olmayan insanları seçerler. Sana huzur ve mutluluk vaadiyle gelirler ve sendeki huzuru da alıp giderler.

Bana çiçek açmayan hiçbir hayatın toprağı olmayacağım.

Bazı insanlar için ne yaparsanız yapın sonuç alamadığınızda iki ihtimal vardır:

- Ya o insanın yanlış zamanda karşısına çıkmışsınızdır.
- Ya da o sizin için yanlış insandır.

Bazen bırakmalı. Oldurmak için uğraşmak yerine bırakmalı; herkesi layığına, inandığı yola.

Bırakmanın verdiği gücü, özgürlüğü ve kendi halindeliği yaşadığım günlerdeyim. Bıraktım.

Bana çiçek açmayan hayatların toprağı olmayacağım artık.

Bu da kendime sözümdür.

Size geri gelmesini istediğiniz her ne ve kim varsa bırakın.

Bırakmanın size bazı şeyleri getirebileceği mucizesiyle er ya da geç tanışacaksınız.

Bir Murpy yasası diyor ki:

"Ne zaman bir şeyden vazgeçseniz,

vazgeçtiğiniz o şey size geri gelir." Bırakın...

Yaşam Kalitesini Artırmak İsteyenlere Öneriler

- Zihninizi boş şeylerle meşgul etmeyin. Enerjinizi ve vaktinizi sizi geliştiren amaçlar için harcayın.
- İnsanlarla aranıza sizi mutsuz etmelerine izin vermeyeceğiniz kadar mesafe koyun. Bu sizi gereksiz üzüntülerden ve insanlardan korur.
- Sağlığınız için lütfen erken uyuyup erken uyanın. 22.00 ve 04.00 arasındaki uyku zihne ve bedene en yararlı uykudur.
- Adımsayar kullanın. Her gün en azından on bin atım atmaya çalışın. Boş zamanlarınızda bu sayıyı mutlaka artırın.
- Kitapların o eşsiz dostluğuyla tanışmadıysanız tam zamanı. Aylık hedefler belirleyin kendinize ve bir kütüphane oluşturun.

- Sizi mutsuz eden ve sürekli dibe çeken problemlerinizin üzerine gidin. Bunu takıntı haline getirmeyin ama görmezlikten de gelmeyin.
- Öfkeli anlarınızda önemli kararlar vermeyin. Güvendiğiniz dostlarınızdan kendinize güvenmediğiniz konularda fikirlerini alın. Akıl akıldan üstündür, bunu kabul edin.
- Hiçbir şeyde aşırıya kaçmayın. Ölçülü yaşamak, nerede durması gerektiğini bilmek ve "hep daha fazla" fikrinden kurtulmak sizi dengede tutar çünkü hayatta denge esastır.
- Kendinizi doğaya atmak için mutlaka vakit yaratın. Doğanın o iyileştirici yanıyla tanışın ve onun bir parçası olduğunuzu unutmayın. Sık sık ayağınız toprağa değsin, gözünüz de yeşile baksın. Özellikle en stresli anlarınızda bunu mutlaka yapın. 1991 yılında yayımlanan bir araştırma,* doğanın insanın ruh sağlığını iyileştirdiğini ortaya koydu.
- Evinize sokmayacağınız insanlarla gereksiz yere tartışıp enerjinizi boş yere harcamayın.
- Geçmişte yaşamayın ve ne getireceğini bilmediğiniz gelecek için de bir beklentiye girmeyin. Zamanın akışından keyif alın.
- Mutlu insanlara iyi bakın, hepsi hayatın anlamını zamanın akışından keyif almakta bulmuş. Siz de akıntının tersine kulaç atmaktan vazgeçip kendinizi akışa bırakın.

* Roger S Ulrich vd., "Stress Recovery During Exposure to Natural and Urban Environments," *Journal of Environmental Psychology* 11, no. 3 (1991), https://doi.org/10.1016/S0272-4944(05)80184-7.

Mutlu İlişkilerin Olmazsa Olmazları

Uzun zamandır ilişkilere, evliliklere dair o kadar kötü örnekler gördüm ve duydum ki bakış açım temelden sarsıldı diyebilirim.

Bu konuda da bana katılanlar olacaktır diye düşünüyorum. Mutlaka siz de benim gibi aşka, evliliğe ve ilişkilere olan inancınızı sarsan olumsuzluklara denk gelmişsinizdir. Hatta yakından şahit olduğumuz bu durumlar yüzünden zaman zaman kimseye bulaşmadan yaşayıp gitme fikrine kapılabiliyoruz.

Hatta ve hatta evli çiftlerin bile, "Aklın varsa evlenme," dediklerini duyduğumuz olur. En azından ben çok duydum. ☺

Ama umut işte, insan bunca şeye rağmen yine de kendisini tamamlayacak o insanın bir yerlerde mutlaka var olduğuna inanmaktan kendini alıkoyamıyor.

Hiç üşenmeyip yakın geçmişimizdeki boşanma istatistiklerini araştırdım ve ulaştığım rakamlara gerçekten inanamadım. TÜİK verilerine göre 2017-2021 yılları arasında ülkemizde 739.226 çift boşanmış. 2021 yılında boşanma sayısı 2020 yılına göre yüzde 27,46 artış göstermiş.*

Çevremde gördüklerimi ve sohbetlerden edindiğim bilgileri düşününce bu oranı çok fazla da yadırgamadım doğrusu.

Ve sonra mutlu beraberlikleri düşündüm. Hiç birbiriyle iyi anlaşan, seçimlerinden dolayı kendilerini şanslı sayan ve mutlu çift yok muydu? Bence vardı ama eskide kaldı sanırım. Yaşlanana kadar birbirlerinin nazını çeken, birbirlerine sahip çıkan insanların evliliklerinin yerini, flört gibi kısa süren evlilikler aldı desek sanırım abartmış olmayız. Peki, neyi yanlış yapıyoruz?

Mutlu ilişkilerin olmazsa olmazları neler? Gelin bakalım.

Mutlu, huzurlu bir ilişkisi ya da evliliği olan insanlar;

- Birbirlerini başkalarının yanında asla küçümsemez ve kötülemezler. Aksine birbirlerinden hep övgüyle söz ederler. Evliliklerinde veya ilişkilerinde sorunları ve sıkıntıları vardır elbet. Ama bu sorunları başkalarının yanında dile getirmezler. Ne yaşandıysa o çatının altında kalır ve dışarıya çıkmaz. Bunun adı, **sırdır.**
- Onların ağzından, "Keşke sen de şunun gibi olsaydın..." şeklinde bir kıyaslama hiç duymazsınız. "Şunun eşi/

* "Evlenme ve Boşanma İstatistikleri, 2021," Türkiye İstatistik Kurumu, erişim 2 Kasım 2022, https://data.tuik.gov.tr/Bulten/Index?p=Evlenme-ve-Bosanma-Istatistikleri-2021-45568.

sevgilisi," diye söze başlayarak ve birilerini birbirlerine örnek göstererek sorunlarını büyütmezler. Bu yetersizlik duygusunu birbirlerine yaşatmazlar. Tüm yaşadıklarını kendi kişilikleri ve imkânlarına göre değerlendirirler. Bunun adı, **saygıdır.**

- Evliliğin, anne baba olmanın sorumluluklarıyla biraz değişirler ama bu değişim asla birbirlerini zorlayarak olmaz. "Ben senin için (...) yaptım," diyerek kurbanı oynamazlar. Kimse kimseyi istemediği bir kişiliğe dönüştürmez. Değiştikçe gelişirler ve bunu birbirlerine daha iyi uyum sağlamak için gönüllü olarak yaparlar, birbirlerinin zoruyla değil. Kişiliklerinin temelini oluşturan değerlere ve inançlara asla saldırmazlar. Tohum aynı kalır; sadece onu nasıl daha sağlıklı ve verimli büyüteceklerine karar verirler. Bunun adı, **özveridir.**
- Zor zamanları olur, zor süreçlerden geçerler ama birbirlerinden aldıkları güç ve destekle her sıkıntıyı aşarlar. İş hayatından artakalan vakitlerde kendilerini yorgunum diye eve hapsetmezler. İlişkilerini renklendirirler. Eğlenmekten, gezmekten ve tüm bunları birlikte yapmaktan asla vazgeçmezler. Birbirlerinin yüzlerini, hallerini ve beklentilerini öyle iyi bilirler ki birinin bir sıkıntısı olsa ilk önce diğerinin yanına koşar. Çünkü bilirler; onlara neyin iyi geleceğini, neyin iyi hissettireceğini ve şifanın nereden geleceğini. Bunun adı, **dostluktur.**
- Ailelerini asla ilişkilerinin karar noktalarına ve süreçlerine dahil etmezler. Evet, hatırlarını sayarlar, görevlerini fazlasıyla yerine getirirler ama konu kendi hayatları olunca

kararları birlikte alırlar. Ne dışardan içeriye bir söz taşırlar ne de içeriden dışarıya. Herkese bilmesi gerektiği kadarını söylerler. Bunun adı, **huzurdur.**

Hani gözlerden anlarsınız ya sevginin o saf, o ilk günkü taze halini, işte bunu her seferinde onların birbirlerine bakışlarında görürsünüz. Kaç ay, kaç yıl geçerse geçsin, o bakışlar asla değişmez. Bunun adı, **sevgidir.**

Sevgi, sevgi ve yine sevgi...

İnsanı en çok iyileştiren, güzelleştiren şey, şu sevgi.

Mutlu ve huzurlu bir ilişkiye sahip olmak için; sır, saygı, özveri, dostluk, huzur, sevgi kavramlarını bir arada ve diri tutup bunların hakkını vermen gerekir. Bunların hiçbirini yerine getirmediği halde bir arada olanlar için bu, ne ilişki ne de sevgidir.

Bunun adı, **zehirdir!**

Mignon McLaughlin der ki:
"Başarılı bir evlilik, birçok kez ve daima aynı kişiye âşık olmayı gerektirir."

Zehirli İlişkiler

Hepimiz bu hayatta sevilmek, tek olmak, değer ve saygı görmek isteriz. Yani kendimizden verdiklerimizin, yüreğimizle sarıldıklarımızın ve sevgi için tüm yaptıklarımızın karşılığını biraz da olsa almak isteriz. Birilerinin en değerlisi, en güzeli ve önceliği olmak insanı muhteşem hissettirir. Bunlar bizim en temel ihtiyaçlarımızdır ve hayatın en temel kuralıdır. Bu yüzden birçoğumuz içinde kendimizi bulabileceğimiz, hiç değiştirilmeden sevilebileceğimiz ilişkiler ararız. Çünkü aldığımız nefesin, yaşadığımız mevsimlerin, yediğimiz yemeğin, içtiğimiz kahvenin, yani adına yaşamak dediğimiz şeyin içinde her ne varsa hepsinin ancak sevgiyle bir anlamı olabilir.

Aşk ve sevgi; zoru kolaya, imkânsızı mümküne, hayatı da daha yaşanılası hale getirir bir anda. "İyi ki varsın," dediğimiz insanların varlığı tüm boşlukları tamamlayıp doldurur. Aşk girdiği yürekte gam ve keder bırakmaz. Unutamam dediklerinizi bile zamanla unutturur. Peki ama ya yanlış tercih yaptıysanız? Ya yanıldıysanız? Kendinize güvenli bir liman ararken ya fırtınanın ortasında kaldıysanız? Huzuru ararken bir insanda ya, "Keşke hiç tanımasaydım!" diye pişman olduysanız?

İşte konumuzun başlığı da tam olarak bunu yansıtıyor: *zehirli ilişkiler.* Önce gülümseten sonra yavaş yavaş öldüren, önce ruhu okşayan sonra yaralı bırakan, önce güzel sözler söyleyen sonra yaptıkları ve yapmadıklarıyla pişman eden, önce hayal kurduran sonra dünyanızı başınıza yıkan ilişkilerden bahsediyorum. Sizin, adına aşk dediğiniz ama içindeki zehri hiç fark edemediğiniz ilişkiler.

En kötüsü de nedir, biliyor musunuz? Yaşadığınız bu zorlu ilişkiye zamanla bir bağımlılık geliştirmeniz... Yani sistematik olarak günden güne birileri tarafından tüketilmeniz ve acınızı başka şeylerle gölgelemeniz. Oysa her gece başınızı o yastığa huzur içinde koyamıyorsanız, uyuyamıyorsanız, en önemlisi de eski günlerinizi hasretle anıyorsanız yaşadığınız ilişkide ciddi bir sorun var demektir. Bir ilişkiyi tanımanın en pratik yolu, karşınızdaki insanın size nasıl davrandığından, bu davranışlara nasıl tepki verdiğinizden ve ne hissettiğinizden geçer.

Hadi o zaman sağlıklı mı yoksa zehirli bir ilişki mi yaşıyorsunuz, bir bakalım?

- *Sağlıklı ilişkilerde* kişilerin kendine ait zamanları, hobileri ve arkadaşları vardır. Güven dairesinde hareket eder çiftler. Şüpheye, güvensizliğe, engellemeye yer yoktur. Sevildiklerine inanmanın verdiği huzurla çoğalırlar ve birbirlerini çoğaltırlar.

- *Zehirli ilişkilerde* kişiler birbirlerinin hayatlarını tamamen kontrol altında tutar. Birbirlerine sınırlar koyarlar. Rahatça hareket edecekleri özgür alanlar bırakmazlar. Nefes aldırmazlar. Şüphenin ve güvensizliğin gölgesinde yaşarlar. Her an hesap sorma, her gece sorgulama, aşırı kıskanma ve sürekli kontrol etme dürtüsüyle zamanla eksilirler, eksiltirler ve tüketirler. Birbirlerine cennet vaat etmişken, cehennemi yaşatırlar.
- *Sağlıklı ilişkilerde* çiftler birbirini olduğu gibi kabul ederler. Değiştirmezler. Birbirlerini kusurlarıyla severler. Çiftler birbirini bir tercihe zorlamazlar. "Eğer," diye söze başlamazlar. İlişkilerinde birbirlerine güvenirler, başkalarının ilişkileri hakkında söylediklerine aldırmazlar. Hatta bu konuda kimseyi konuşturmazlar. Birbirlerini asla başkalarıyla kıyaslamazlar.
- *Zehirli ilişkilerde* bireyler karşılarındakini bir kalıba sokmaya çalışırlar. Olduğu gibi değil, olmasını istediği gibi severler. "Seni seviyorum ama... Sana güveniyorum ama... Seni anlıyorum ama..." diye başlayan cümlelerde hep bir değiştirme çabası vardır. "Benim şartlarıma uyarsan seni kabul ederim!" şartı vardır. Burada sevgi değil tam anlamıyla bir pazarlık vardır. Menfaatlerin olduğu yerde sevgi olmaz.
- *Sağlıklı ilişkilerde* çiftler karşılaştıkları sorunları konuşarak ve saygı çerçevesinde çözerler. Birbirlerine çözüm önerileriyle giderler. Sorunlarını, birbirlerini daha iyi tanımak ve anlamak için birer fırsat olarak görürler. Sorunlar onları birbirinden uzaklaştırmaz bilakis yakınlaştırır. Birbirlerine emir kipli cümleler kurmaz,

dayatmalarda bulunmazlar. Kendilerine yapılmasını istemediklerini asla karşılarındakine yapmazlar. Sağlıklı ilişkilerde çiftler empati kurar. Anlar, dinler ve iki tarafın da kabul edeceği bir çözüm arar. Uzun süren küslüklere fırsat vermezler.

- *Zehirli ilişkilerde* sorunlar güç savaşına dönüşür. Her iki taraf da baltalarını hiç acımadan karşısındakinin en hassas noktasına saplar. Küçük sorunlar aşılmaz dağlara, altından kalkılamaz saygısızlıklara hatta fiziksel zararlara yol açar. Her tartışma sonrasında birbirlerinden biraz daha uzaklaşırlar. Birbirlerini kaybetmekten korkmazlar. Aynı evin içerisinde bile mesafeli dururlar. Uzun süre aynı yastığa baş koymazlar, birlikte uyumazlar.
- *Sağlıklı ilişkilerde* hissetmeden dokunulmaz. Dürtülerden daha çok duygular ön plandadır.
- *Zehirli ilişkiler* ise dürtülerin kontrolündedir. Kısa süreli yakınlaşmalar, uzun süreli uzaklaşmalar vardır. Zaten hissetmeden dokunmanın da sevgiyle işi olmaz.

Unutmayın ki sizi mutsuz ve değersiz hissettiren her davranış, sizden bir direnç görmediği zaman çoğalarak üzerinize gelir. Sustuğunuz her sorun, çözülmeyen her problem ve sonraya bırakılan her olumsuz durum kendi içinizde çoğalır ve büyür. Sınırların net olarak çizilmediği, kırmızı çizgilerin belirtilmediği ilişkiler sinirlerinize zarar verir. Yeri geldiğinde konuşarak çözebileceğiniz küçük sorunlar bile gün gelir aşılamaz dağlar olarak karşınıza çıkar. Özellikle belirtmek isterim ki karşılıklı saygının olmadığı evler yuva olmaktan çıkar ve içinde ömür tüketilen taş duvarlara dönüşür. *Saygı biterse yuva ölür.*

Ayağınızın sürekli geri geri gittiği, yüreğinizin sıkıldığı ve ruhunuzun daraldığı bir yerde kim yaşamak ister ki? Peki ya o taş duvarların içinde bir de şiddet varsa? Hem bedenen hem de ruhen acıya dayanmaya çalışıyorsa insan? Tabii ki biz buna ilişki demiyoruz. Çünkü şiddet, içinde zerre kadar sevgi kırıntısı barındırmaz. Seven insan karşısındakinin canını yakmaya dayanamaz, ona kıyamaz. Bu noktada psikolojik sorunlardan söz etmek gerekir ki bu konu derinliği itibarıyla bu kitaba sığmaz.

Ama duygusal şiddet de en az fiziksel şiddet kadar yıkıcıdır. Hakaretler, alay etmeler, aşağılamalar, başkalarının yanında partnerini küçük düşürmekten zevk duymalar, takılan lakaplar ve daha bir sürü duygusal yıpratma buna örnektir. Bazen öylesine ağır gelir ki bu aşağılamalar insana, fiziksel şiddetin bile önüne geçer. Ne kadar da acı verir, bir zamanlar aşk sözcüklerini dilinden düşürmeyenlerin sizin direkt kişiliğinize saldırması. Bir zamanlar, "Kıyamam sana," diyenlerin sizi ağır sözlerle kırması. Ve en acı veren tarafı da size bunu yapmaktan zevk duyması. Başka bir deyişle, bir zamanlar ağzından bal damlayanların, dikenlerini en hassas yerlerinize batırması. Evet zordur, hem de çok zor. Buna alışmak diye bir şey de yoktur. Olmamalıdır da. Başkalarının size olan saygısını kaybetmesinden daha korkuncu, insanın kendisine saygısını yitirmesidir. Kendini değersiz hissetmesidir. Hiç kimse ama hiç kimse aşağılayarak, kırarak soğuttuğu yüreği bir özürle ısıtamaz. Çok şey belki zamanla unutulur ama dilin yürekte açtığı o yara kolay kolay unutulamaz.

Unutmayın, ilişkide birini seversiniz, karşınızdaki insandan da aynı şeyi beklersiniz. Aksi halde hasta ruhlara bakıcılık etmekten ileri gidemezsiniz. Evet, sevgi emek ister. Sabır ister. Fedakârlık ve saygı ister. O yanındayken tamamlanmak, uzağındayken kavuşmak ister. Bir an önce onun yanına koşmak ister. Her zorluğu birlikte aşmak ister. Sevgi iyiliğin, güzelliğin ve iyi niyetlerin gölgesinde yaşamak ister.

Şunu yazın bir yere: Kimse sizin efendiniz değil, siz de kimsenin kölesi değilsiniz. Sadece sizin çabanızla yürüyorsa bir şeyler, emin olun ki yanlış yerdesiniz.

Acaba aldatılıyor muyum?

Tek başına bu soru bile bir insanın gecesini gündüzünü, ruhunu, uykusunu ve bedenini altüst edebilir. Bir kere karşınızdakinin sadakatini sorgulamaya başlamışsanız algılarınız hep buna açık hale gelebilir. Sevdiğiniz insanın sevgisini, vaktini ve bedenini bir başka insanla paylaşma ihtimali kabul edersiniz ki hiç kimse için kolay anlaşılır, anlatılır ve kabullenilir bir durum değildir.

Özellikle yaşadığımız şu dönemde insanların birbirlerini ve duygularını çabuk tükettiğini, teknolojinin bu konuda sayısız alternatifler sunduğunu da kabul edersek, "O asla yapmaz," dediğimiz insanlar için bir kuşku büyür içimizde. Çevremizde gördüklerimiz ve duyduklarımız da eklenince şüphelerimizin üzerine, ister istemez sevdiklerimiz üzerinde kontrolümüz de artar. Kafamızda hangi düşünce varsa algılarımız da hep o yönde çalışır. Düşüncelerimiz kendini haklı çıkaracak işaretler aramaya başlar. Partnerimizin geliş gidiş saatleri, kıyafetleri, sosyal medya hesapları, iletişim araçları gözaltına alınır. Beynimiz bir dedektif gibi çalışmaya başlar. Hele ki bir de şüpheli işaretler ve ipuçları yakalarsak tüm günümüzü bunları irdelemekle geçiririz. Öncesinde normal kabul edip görmezlikten geldiğimiz şeylere bile şüpheyle yaklaşmaya başlarız.

Doğal olarak da bu durum bizdeki kaygıyı, stresi ve davranışlarımızdaki sıcaklığı etkiler. İlişkimiz temelden sarsılır. Konuşmalarda bir yalan, davranışlarda bir ipucu bulmak için karşımızdaki insanı testlerden geçirmeye ve en ufak ayrıntıları bile gözden kaçırmamaya çalışırız. Masum da olsa, sizi aldatmamış da olsa, sadakatini ve sevgisini birçok kez ispatlamış da olsa bu düşünce beynimizi yer bitirir. Sonuç mu? Ya karşımızdaki insan bu durumdan sıkılır ve kaçıp gider ya da siz elinizdeki yersiz kuruntularla bitişin haksız tarafı olursunuz. Şimdi haklı olarak soracaksınız, "Ne yapalım yani, tamamen özgür mü bırakalım? Hiç mi yanılma payı bırakmayalım? Hiç mi kontrol etmeyelim? Ona sonsuz güvenelim mi?" Evet, bu noktada bu bölümü iyi okumanızı ve kendinizi okuduklarınızla sorgulamanızı tavsiye ediyorum.

O beni asla aldatmaz diyenler:

Samimiyetle bu düşünceye yürekten inanan insanlar, karşılarındaki insana sağlam bir güven duygusu besler. Taraflar birbirlerinin zaaflarını ve güçlü yanlarını çok iyi tanırlar. İlişkileri birçok defa zor dönemlerden geçse de her zaman güçlenerek çıkmıştır. Sevgi ve saygının hüküm sürdüğü, empati yeteneği gelişmiş ve yılları birbirine yaslanarak yürümüş insanların söyleyeceği bir ifadedir bu. Ancak partnerine bu kadar çok güvenenler, aldatılma gerçeğiyle karşılaştığında herkesten daha büyük bir yıkım yaşar. Daha zor toparlanırlar ve kolay kolay da hiç kimseye bir daha güvenmezler. Gülten Akın'ın, "Sen beni, benim sana inanmışlığımdan vurdun," sözü tam da onlara göredir. Aldatanın bıraktığı enkaz öylesine büyüktür ki geride kalan, bu acıyla bir daha yüzleşmemek için yalnızlığı tercih eder. Kafalarındaki sorulara mantıklı cevaplar bulamazlar. "Ben neyi eksik yaptım? Bu hiç de adil değildi. Bu kadar fedakârlığın karşılığı bu mu olmalıydı? Şimdi yeni bir insana nasıl tekrar güvenebilirim?" cümleleri beyinlerinde dolaşıp durur. Evet, onlar için bu bir travmadır. Bu durumla karşılaşan birçok insan, psikolojik tedaviye ve terapilere de ihtiyaç duyabilir. Birçoğu değişir ve eskiden oldukları insandan çok uzaklaşır. Güvensizlik duyguları herkese ve her şeye karşı artar. Bununla birlikte değersizlik duyguları da bu süreçte bu duruma eşlik eder.

Güveniyorum ama her zaman bir yanılma payı bırakırım diyenler:

Buna inananların, öncesinde mutlaka bir aldatılma hikâyeleri vardır. Daha kontrolcüdürler. Daha dikkatli adımlar atarlar. Sonsuz güvenmek yerine, "her insan yanıltabilir" felsefesini benimsemişlerdir. Bazen aşırı kıskançlığa dönüşür bu düşünceleri, bazen ise uzaktan izlemeyi tercih ederler.

Kalp gözlerinden daha çok akıl gözleri açıktır. Aşırı kontrolcü ve kıskanç olanların ilişkileri uzun sürmez. Yıpratıcı ve yorucu bir süreç geçirirler. Bir daha aldatılma gerçeğiyle karşı karşıya kalmamak için aşırı koruyucu ve kısıtlayıcıdırlar. Küçük sorunları bile büyütürler. İstemeden de olsa ilişkilerini dayanılmaz bir hale getirirler. Ve sonuçta, belki de kendisini çok seven o insanı kuruntularına kurban edip kaybederler.

Sevdiğim için kaçamaklarına göz yumuyorum diyenler:

Aslında bu cümle bile başlı başına bir ilişki tanımının çok çok uzağındadır. İki kişilik süreci çoğul halde yaşamaya ilişki denilmesi ve orada bir sevgiden bahsedilmesi mümkün değildir. Çoğunlukla ekonomik özgürlükleri olmayıp diğer tarafa bağımlı yaşayan, mecburiyetlerinden ve engellenmişliklerinden dolayı bu şekilde kendini kandıran insanların süreci açıklama şekli bu yöndedir. Bununla birlikte, "erkektir yapar, erkeğin elinin kiri" anlayışıyla büyütülen kadınların da yaklaşımları genelde böyledir. Duruma isyan etseler de göz yumarlar. Sayısız kere affederler. Karşılarındaki de böylesi bir özgürlüğün tadını sonuna kadar çıkarır.

Peki insan kendisini seven ve güvenen bir insanı neden aldatır?

Aldatan insanların bu soruya verdikleri cevaplara bir göz atalım.

Cevap 1: "Sıkıldım aynı insanla olmaktan. Yeni bir heyecan ve maceraya yelken açmak istedim. Yeni insanlar tanımak istedim ve bu sebepten aldattım."

"Peki neden sıkıldığın bir ilişkiyi bitirmedin ve ilişkine ihanet ettin?"

"Çünkü onu seviyorum. Ve bu durumu, onunla ayrılmak için bir neden olarak görmüyorum. Bilmesi gerekmiyordu ve ben de söylemedim. Sonuçta akşam yine onun yanına dönüyorum."

Cevap 2: "Çünkü bana değer vermiyordu. Eskisi gibi beni önemsemiyordu. Ben ilk zamanlardaki o insanı arıyordum karşımda ama bulamıyordum. İlgi açlığı çekiyordum. Birilerinin bana değer verdiğini görmek beni mutlu etti. Kendimi mutlu hissettim."

Cevap 3: "Çünkü âşık oldum. Şartlar gereği eski ilişkimi de bitiremedim, âşık olduğum insanı da bırakamadım. Ve bu durumu dürüstçe karşımdaki insana söyledim. Artık onu istemediğimi ve sevmediğimi belirttim.

Cevap 4: "Canının bir şekilde yanmasını istedim. Beni çok üzdü. Ben de onun bana yaptıklarına karşılık olarak ondan intikam almak istedim.

Bu liste böyle uzayıp gider aslında. Ama verilen cevaplar bu başlıklar altında toplanabilir. Yani insanların her zaman bir bahanesi vardır. "Yaptım ama bir sor bakalım neden yaptım!" cümlesi her zaman dudaklarındadır. Bilmiyorum, konu aldatmak olunca en dürüst cevap bile biraz eksik kalıyor gibi. Ne dersiniz?

İşin en tuhaf yanı da ne, biliyor musunuz? Bu cevapları verenlerin, "Aynı şey size yapılsa tavrınız ne olurdu?" sorusu karşısında suskunluğu tercih etmiş olmaları. Çünkü bazı soruların cevapları, bazı hataların bahanesi ve bazı yanlışların da özrü yoktur. Ortada verilmesi gereken bir karar vardır. O da yüreğinizdeki sevginiz ile mantığınız arasında gidip gelir.

Şimdi soruyorum size: Aşk her şeyi affeder mi? Bir insana kaç kez şans verilir? İnsanlar gerçekten değişir mi? Sadakatini kaybetmiş bir insanı affedebilir misiniz?

Bu soruların altına yüzlerce soru ekleyebiliriz. Ama, "Sahi, sevgi neydi?" sorusuna sadece bir tanımı vardır. Adına iyilik deriz, dostluk deriz, emek deriz. Yürümüyorsa da geçip karşısına dürüstçe, "Bitti," diyebilmeliyiz. Hiç kimseye kendimizi zorla sevdiremeyiz. Bir insanın güvenini kırmak, onu hayatının devamında yarım bırakmak gibidir. İçinde sürekli kendini tekrar eden bir şüpheyle yaşatmak gibidir. Düşünsenize, bunu söylemek bile bir insan için ne kadar zor. Peki ya içeride yaşananlar? Orayı tahmin etmek gerçekten zor. Dikkat ederseniz değerlendirmelerin çoğunda "insan" öznesini kullanmayı tercih ettim. Çünkü şu zamanda aldatmanın erkeği ve kadını, yani cinsiyeti kalmadı diyebiliriz. Psikologlara başvuran aldatılmış erkeklerin sayısı da günümüzde az değil. Ve boşanma davalarının çoğu "şiddetli geçimsizlik" adı altında açılsa da birçoğu aldatılma gerekçelidir.

Peki böyle bir durumla karşı karşıya kalırsak ne yapmalıyız?

Durum yaralayıcı olsa da, asla bir anlık öfkeyle hareket etmememiz gerek. İhanetin acısıyla sonrasında pişman olacağımız davranışlardan kesinlikle kaçınmalıyız. "O beni aldattı, ben de onu aldatacağım," yaklaşımı bizim özsaygımızı da kaybettirir. Öfkemizi besler. Üstelik bu yaklaşımlar karşınızdaki insanın hatasını ve suçunu hafifletmenize sebep olur.

Şunu da asla unutmayın lütfen, aldatılmak sizin yetersizliğiniz neticesinde gerçekleşen bir durum değildir. Her ne kadar bu durum karşısında gururumuz kırılsa da özgüvenimiz eksilse de konuyu bir reddedilme olarak ele almayın. Her şeyi çok doğru yapmış olsanız da karşınızdaki insan içindeki aldatma dürtüsüne yenik düşebilir. Burada suçlanması ve sorgulanması gereken kişi asla siz değilsiniz. Ama şunu da belirtmek isterim: Aldatmaya bir kılıf aramamakla beraber, ilişkide görev ve sorumluluklarınızı zaman zaman gözden geçirmek gerekir. Sorun üreten, sürekli karşısındaki insanı iten ve anlamsız kıskançlıklarla hayatı zindan eden taraf olmayın sakın. O insanın karşına geçip, "Bu ilişkide ben neyi yanlış ve eksik yaptım da bunu bana yaşattın?" diye sorduğunuzda yüzü kızarsın ve başı öne düşsün. Vicdan rahatlığının ve haklı taraf olmanın insana verdiği öyle bir güç vardır ki bunu hiçbir terapide bulamazsınız.

Hayat denilen şey, hayallerle süslenir ama gerçeklerle yaşanır. Şu hayatta büyük konuşmak ve insanlara sonsuz güvenmek yerine kendi ayaklarınızın üzerinde sapasağlam durmayı tercih edin. Çünkü, "Olmaz," dediğiniz olabilir, insanlar hatalar yapabilir ve başkalarının başına gelen her şey sizin de başınıza gelebilir.

Düştüğünde Önce Sen Tut Kendi Elinden

Şu hayatta sakın büyük konuşma. Başına neler geleceğini, neler yaşayacağını asla bilemezsin. Hayat bu, bazen zirveyi görürsün, bazen dibin de bir dibi olduğunu keşfedersin. Her şey yolundayken ve mutluyken ne kadar kalabalık olduğunu, insanlara ihtiyacın olduğunda ise ne kadar da yalnız olduğunu hissedersin. Ama yalnız kaldığın böyle zamanlarda bir gerçeği çok iyi öğrenirsin: ne kadar güçlü, ne kadar sabırlı ve strese karşı ne kadar dayanıklı olduğunu. *Unutma ki bir fırtınaya denk gelmemiş ne bir gemi ne de bir kaptan kendini ispat edebilmiş sayılır.*

Sen de içindeki gerçek seni ancak böyle keşfedersin. Bu süreç zorludur, yıpratıcıdır ve kesinlikle sancılıdır. İnsanın içe dönüş yolunda pişmanlıklar, acılar ve yalnızlıklar saklıdır. Yanman gerek. Yarım bırakılman gerek. Yalnızlığın o karanlık yollarından tek başına geçmen gerek. Dostlarının ihanetini, var bildiklerinin yokluklarını görmen gerek. En zorlu zamanlarında "yardıma ihtiyacım var" diyerek ellerini uzattığında, "aslında benim hiç kimsem yokmuş" gerçeğiyle yüzleşmen gerek.

Ayaklarında derman, içinde umut ve karşında insan kalmadığında lütfen biraz daha sabret ve yaslan kendine. Çünkü o zorlu yolculuğun sonunda seni öyle bir hazine bekler ki orada bulduklarına sen bile şaşırırsın. Aslında hiç kimseye ihtiyacın olmadığını ve kendi başına da ayakta kaldığını görünce içindeki gerçek senle tanışırsın. Kendinden başka gidecek hiçbir yer olmadığını, insanlarda aradığın gücü aslında kendi içinde taşıdığını kavradığın o gün, işte o gün olgunlaşırsın. Eksik taraflarını kendi başına tamamlarsın. Yaralarını sararsın. Ne liman kalır geride, ne de vefasızlığını gördüğün insan, hepsini bir bir yakarsın. Hatta yalnızlığın aslında o kadar da kötü bir şey olmadığının farkına varırsın. İnsanlara muhtaç olmamanın verdiği o huzur var ya, işte o hiçbir şeye değişilmez.

Âciz, çaresiz ve muhtaç değilsin. Sadece kendine yabancısın. Fırtınalara karşı hiç açmadığın kanatlarının gücünü fark ettiğin zaman başkalarının gölgesinde değil, kendi gökyüzünde tek başına uçacaksın.

Başkalarının sende gördüğü potansiyeli
bir gün sen de gördüğünde,
ne kadar güçlü olduğunun farkına varacaksın.

Hayat bir yolculuksa eğer,
benim göreceğim çok sokak var.

Saygı görmediğim hiçbir yerde kalmadım bugüne kadar. Yine görmeyeyim, yine kalmam. Bu sevgi görmediğim zaman için de geçerli. İnsanların eksik bıraktığı bazı boşlukları kendim tamamlayacak kadar güçlüyüm artık.

Öğrendim bunu, öğrettiler. İnsanın gerektiğinde ön plana çıkıp kendi yarasını kendi sarabilmeli, ihtiyaç duyduğu saygıyı da sevgiyi de kendine verebilmeli. Kendisini böyle yetiştirmeli. Mesela hiçbir zaman kendine, “Ben o olmadan yaşayamam,” dememeli. Kendi değerini bu denli çiğnememeli.

İnsanlarla çeşit çeşit iletişimin, farklı ilişkilerin olacak ve zamanı geldiğinde bunlar sonlanacak. Sizin de bildiğiniz gibi, insanın hayatı boyunca en özel ilişkisi kendisiyle olandır. Bazı hikâyeler bitmesi gereken yerde bitecek, sen de yoluna gideceksin. Birileri olmadan yaşayamayacağı düşüncesine kapılanlar, değerini düşürerek kendi kul hakkına girmekten başka bir şey yapmaz. İnsanlara saygını ver, sevgini ver, zamanını ver ama bitmesi gereken bittiğinde, gitmesi gereken gittiğinde özsaygını ve ihtiyacın olan sevgiyi kimsenin ayaklarının altına serme. O senin hakkın. Sana ait.

Onsuz yaşayamam dediğin insanlardan önce de bir hayatın olduğunu, onlarsız da bir hayatın ve gidecek yolun olduğunu unutma. Bazı yolları bazen tek başına yürümen gerekir, ısrarcı olma. Yoluna bak. Bu hayat sana kendin için yaşa diye verildi. Öz saygını ve değerini başkalarının ayaklarının altına paspas et diye değil. Ve biten her hikâyenin, senden her gidenin arkasından şu gerçeği kendine haykır: "Kimseyle var olmadım, kimsesiz de yok olmam." Hayat bir yolculuksa, benim göreceğim çok sokak var. Gidenin de bitenin de yolu layığına açık olsun. Benden bu kadar.

*Hiçbir şeyden çekmedik,
yüzümüze gülüp içten içe haset
edenlerden çektiğimiz kadar.*

**"Bana bir veriyorsan, millete üç ver Allah'ım.
Ver ki, benim olanda hiçbirinin gözü olmasın."**
Anonim

İnsanları tanımakta zorlanıyoruz çoğu zaman. Bazen öyle davranışlarla karşımıza çıkıyorlar ki, "Şimdi buna ne gerek vardı," demekten kendimizi alamıyoruz. Bir yaptıklarımıza bakıyoruz, bir de bize yapılanlara ve yaptıklarımızın karşılığında gördüklerimizi hiçbir mantıkla açıklayamıyoruz. Yaşadıklarımızı ne kendimize ne de karşımızdaki insana yakıştırabiliyoruz.

Peki ama neden? Neden iyiliklerimizin karşılığında bu tür kaba ve kırıcı davranışlarla karşılanıyoruz. Lütfen böyle durumlarda sakın sorunu kendinizde aramayın. Çünkü cevap muhtemelen kendi davranışlarınızla değil, karşınızdaki insanın iç dünyasıyla ilgilidir. *Başkalarının sorunlu kişiliklerini kendi iç dünyamızı karartacak kadar önemsemek, canımızı sıkmaktan başka hiçbir işe yaramaz.*

Çevrenizde size karşı bu yaklaşımda olan insanları bir düşünün bakalım. Bu davranışlarının birçoğunun temelinde kıskançlık ve haset vardır. Evet, sizde olan ama kendilerinde olmayan, belki de hiç olamayacak kazanımlarınızdır onları size karşı bu hale sokan. Bunu sadece maddi imkânlarla açıklamak da mümkün değildir. Gülen yüzünüz, pozitif enerjiniz, güçlü kişiliğiniz ve insanlarla olumlu ilişkiniz de bu kıskançlığa sebep olabilir. Bu insanların en büyük sorunu nedir, bilir misiniz? Sürekli kendilerini başkalarıyla kıyaslarlar. Tüm enerjilerini, "Neden ben onun gibi değilim? Onda olan neden bende yok?" gibi sorulara cevap arayarak harcarlar. Sonunda vardıkları, "Bende yoksa onda da olmasın," diyecek kadar âciz bir çözümdür.

Bu olay bana yengeç sepeti sendromunu hatırlattı. Özellikle Filipinler'de yaygın olan bir balıkçı hikâyesinden türediği varsayılan bu sendrom, ilk olarak Filipinli yazar Ninotchka Rosca tarafından kullanılmıştır.

Yengeç sepeti sendromu, "ben yapamıyorsam sen de yapamazsın, ben başaramıyorsam sen de başaramazsın" felsefesini güder. Yaşamımız ise tam da bu sendromun içinde akıp gider. Okulda, işte, aile içinde, ilişkilerde, kısacası hayatın her evresinde bizi aşağıya çekme niyetinde olan, kendi başarısızlıklarını ve zayıflıklarını gizlemek için bu durumu bize dayatmak isteyen bu bencil insanları çok gördük, görmeye de devam edeceğiz.

Bu tip insanların psikolojik şiddetine maruz kalmamak için mümkün olduğunca onlara hiçbir şeyinizi anlatmayın. Kararlarınızı kendiniz verin. Onlara planlarınızdan bahsetmeyin, anlattığınız her şeyin önüne taş koyacaklar. Çünkü bu haset insanların gözü daima sizin üzerinizde olacak.

Bakın yengeç sepeti sendromunun şöyle de bir hikâyesi var:

"Kumsalda yürüyen bir adam, avlanan balıkçıya yaklaştığında kova içerisindeki yakalanmış yengeçleri bir yengeç sepetinin içinde görür. Kovanın üstü açıktır, kapağı yoktur. Bu durum onu şaşırtır çünkü yengeçlerin kaçabileceğini düşünür. Balıkçıya sorduğunda, 'Evet, tek bir yengeç olsaydı kesinlikle kaçardı. Ancak pek çok yengeç varsa biri kaçmaya çalıştığında diğerleri onu yakalar, kaçamayacağından emin olur, geri kalanlar da aynı kaderi yaşarlar,' yanıtını alır. Tek yengeç kapaksız kovadan rahatlıkla çıkabilirken sayı arttıkça kaçış imkânsızlaşır. Çünkü birbirlerini yukarı itmek yerine aşağı çekerek engellerler. Sonunda kimse kazanamaz."

Bakın bu durumu Cenap Şahabettin ne güzel özetlemiş: "Haset, başkasının balını, kendi ağzına zehir etmektir."

Tam da bu noktada "haset" ve "kıskançlık" kavramlarının birbirinden farklı olduğunu da belirtelim. Kıskançlık daha çok aşırı sevgiden kaynaklanan bir durumdur. Bunun yanında, başkasında olanı kendine isteme, şeklinde de açıklanabilir. Haset ise daha yıkıcı ve ilkeldir. Sahip olma dürtüsünden daha çok, yok etme ve zarar verme dürtüsünü tetikler. Peki, gelin bir de onların açısından ne kadar zor bir hayatları olduğuna bakalım. Ne sahip olduklarından tat alırlar ne de haset etmekten geri dururlar. İç dünyalarında sürekli bir sorgulama, isyan ve mutsuzluk içinde yaşarlar. Kafayı hep başka hayatlara takarlar; gündüz mutlu insanlara iç geçirerek uzaktan bakarlar, geceleri ise hasetliklerinden uyuyamazlar. Ne başkalarının yanında mutlu ne de kendi dünyalarında huzurlu yaşarlar. Aslında bu âcizliğin, yetersizliğin isyanıdır. Size karşı gizli bir hayranlık ile gizli bir kıskançlık arasında gidip gelirler.

Bu insanların eksikliklerini ve yetersizliklerini sakın yüzlerine vurmayın. Çünkü böyle durumlarda hiç de tahmin edemeyeceğiniz kadar çirkinleşebilirler. Siz kendi hayatınızda yaşayın. Bu insanlara bulaşmayın. Çünkü size karşı hasedi olanlar ancak siz hayata karşı yenildiğinizde, elinizdekileri kaybettiğinizde ve onlardan yardım istediğinizde mutlu olurlar.

Yılan ve Ateşböceği hikâyesini de bu noktada çok anlamlı buluyorum.

"Yılanın biri bir ateş böceğinin peşine düşmüştü.

Onu tam yemek üzereyken ateşböceği, 'Sana bir şey sorabilir miyim?' dedi.

Yılan, 'Aslında kurbanlarımın sorularını cevaplamam ama bir istisna yapıp sana izin vereceğim,' diye karşılık verdi.

'Sana bir şey mi yaptım?' diye sordu ateşböceği.

'Hayır,' dedi yılan.

'Senin besin zincirine mi dahilim?'

'Hayır.'

'O halde niçin beni yemek istiyorsun?' diye sordu bu sefer ateşböceği.

'Işığını görmeye dayanamıyorum da ondan...' dedi yılan."

Konfüçyüs der ki:
"İnsanları geçimsiz yapan sevgisizliktir.
Birbirine düşman eden iletişimsizliktir.
Güzellikten yana ne varsa yok eden ilgisizliktir."

Aşk çözüm üretir,
kapıya bahanelerle gelmez.

Çoğumuzun varlığından şüphe duyduğu, bazılarının yaşadığını sandığı ve çok az insanın da gerçekten tattığı muazzam bir duygu ve dönüşüm hali. Dönüşüm diyorum çünkü aşk insanı tepeden tırnağa dönüştürür. Bazen sizi hiç de olmak istemediğiniz, çoğu zaman eleştirdiğiniz biri haline getirir. "Ben olsam asla yapmam," dediklerinizi birer birer yaptırır size.

Belki de Platon'un dediği gibi: "Aşk, bir çeşit şuur bozukluğudur." Haksız da sayılmaz aslında. Çünkü mantığımızda ve ruhumuzda çok şeyi yerinden oynatır. İleriyi çok iyi gören gözlerimiz, o çok güvendiğimiz hislerimiz ve öngörülerimiz en yakını bile göremez, tahmin edemez olur. İşte en büyük mutluluklar ve en büyük hatalar tam olarak burada yaşanır. Bir uçurumun kenarında manzaranın güzelliği karşısında mest olmuşken ayağınızın altındaki boşluğu fark edemezsiniz. Ben buna duygusal körlük diyorum. Yani yaşadığınız duyguların yoğunluğuyla kime inandığınızın, umudunuzu kime bağladığınızın ve sizi sürekli uyaran mantığınızın pek de bir önemi kalmıyor bu noktada. Varsa yoksa o. Onu görmek, ona dokunmak ve onunla olmak üzerine kurulu bir hayat.

İşte tam da bu noktada bir mucize gerçekleşir bedeninizde. Gözlerinizin ışığı, cildinizin parlaklığı ve çevrenizi aydınlatan yaşam enerjiniz herkes tarafından fark edilir. Evet, içten dışa doğru güzelleşir ve gençleşirsiniz. Özgüveniniz, iyimserliğiniz ve yüzünüzdeki o ışıltılı gülümsemeniz tavan yapar bu dönemde. Bu dönüşüm öyle hızlı ve etkilidir ki âşık olduğunuzu isteseniz de çevrenizden gizleyemezsiniz. Uzun telefon konuşmaları, aynanın karşısında geçirilen saatler ve geleceğe dair kurulan hayaller uzar da uzar. Oysa koşulsuz ve olgun bir aşkın aynaya bile ihtiyacı yoktur. Çünkü aşk, karşındaki insanı her haliyle sevebilmektir. Hiçbir karşılık beklemeden onu olduğu gibi kabul edebilmek, yaptıklarınız ve yapmadıklarınız noktasında size gelen sorulara, "Çünkü onu seviyorum," diyebilmektir. Aşk beklentilerden beslenmez. İçinde "eğer yaparsan, değişirsen, istediğim gibi olursan" gibi ifadeleri asla kabul etmez.

Aşkta birine sevdiğin için ihtiyaç duyarsın. Bir ihtiyacını karşıladığı için karşındaki insanı sevmezsin. Osho bu konuyu, "İhtiyaç duyulma ihtiyacını yok edebilen, tek başınalığı ve sevmeyi becerebilir," diye özetlemiştir. Aşk, beyninizdeki dopamin hormonunu gün geçtikçe artırır. Bu hormon aynı zamanda madde bağımlısı insanlarda olduğu gibi, sizi de âşık olduğunuz insana bağımlı hale getirir. Bağlı olmak ile bağımlı olmak arasındaki o muazzam fark da işte burada başlar. Bağlı olmak, içinde kişisel özgürlüğü ve mesafeyi barındırırken, bağımlılık ise bir başkasının hayatında yok oluştur. Var olabilmek adına bir kayboluştur. Bağımlılık, "Sensiz ben bir hiçim," demenin en basit adıdır.

Aşk bu değildir. Aşk; kendi egonu beslediğin, karşındaki insanı kendi mutluluğun için tükettiğin ve ayrıldığında da arkasından beddualar ettiğin bir duygu hiç değildir. Aşk, senlikten ve benlikten geçip biz olabilmektir. Bir insanda yok olmak değil onunla çoğalabilmektir. Aşk güvenebilmektir. Yeri geldiğinde geri döneceğini bilerek onu özgür bırakabilmektir. Aşk bağımlı olmak değil, bağlı kalabilmektir.

Karşındaki insana zorla kabul ettirdiğin hiçbir düşünceyi, değiştirmeye çalıştığın hiçbir davranışı ve sadece bir insanın omuzlarına yüklenen hiçbir sorumluluğu aşk kabul etmez. Aşk çözüm üretir, kapıya bahanelerle gitmez. Zorluklarla baş ettikçe büyür ve gelişir. Karşılaşılan ilk zorlukta bitmez. Bitiyorsa da üzerinde çok durmamak lazım. Çözümler yerine bahanelerle kapına gelenden sana da hayır gelmez.

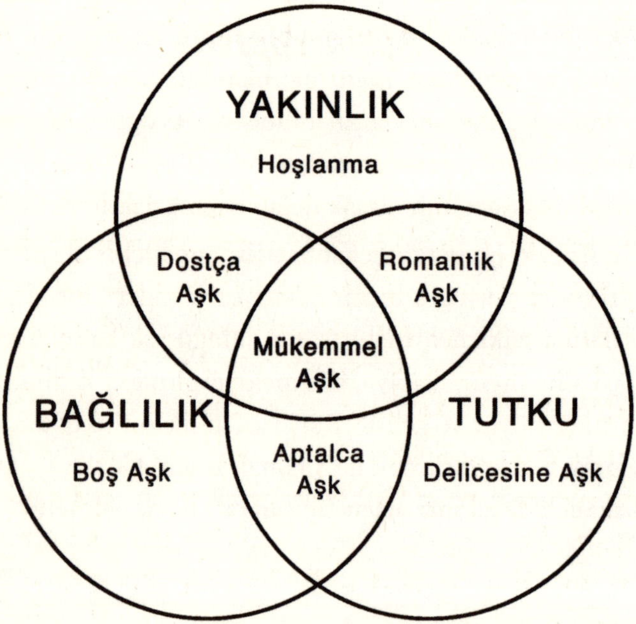
YAKINLIK
Hoşlanma
Dostça Aşk
Romantik Aşk
Mükemmel Aşk
BAĞLILIK
Boş Aşk
Aptalca Aşk
TUTKU
Delicesine Aşk

Aşkın Yapısı

Robert J. Sternberg (1986) aşkın yapısını açıklamak amacıyla yakınlık, tutku ve bağlılıktan oluşan bir kuram önermiştir.* Kurama göre yakınlık, paylaşım ve kendini açmayı; tutku, uyarılma ve cinselliği; bağlılık ise ilişkinin kısa vadede varlığı, uzun vadede devamı ile ilgili karar süreçlerini içermektedir. Yakınlık, bir ilişki içindeki duygusal yatırımı; tutku, güdüsel katılımı; bağlılık ise bilişsel süreçleri ifade etmektedir. Aynı şekilde yakınlık "sıcak", tutku "ateşli", bağlılık ise "soğuk" ile ilişkili değerlendirilebilir. Bu üç temel bileşenin sınıflandırılmış sekiz olası alt aşaması bulunmaktadır.

Aşksızlık: İlişkilerimizin büyük bir kısmını üç bileşeninin de bulunmadığı bu tür gündelik etkileşimler oluşturur. Ne yakınlık ne tutku ne de bağlılık sözkonusudur.

Hoşlanma: Yakınlık bileşeninin egemen olduğu ilişkilerdir. Kişi karşısındakine yakınlık hisseder ancak tutku ya da

* "Triangular theory of love," erişim 2 Kasım 2022, https://en.wikipedia.org/wikı/Trıangular_theory_of_love.

bağlılık sözkonusu değildir. Bu durum, bir arkadaşa karşı hissedilen duyguları tanımlamaktadır.

Delicesine Aşk: Tutku bileşeninin egemen olduğu ilişkilerdir. Yakınlık veya bağlılık içermeyen yoğun fizyolojik uyarılma sözkonusudur ve genellikle kısa süreli yaşanır. İlk görüşte aşk, bu grupta bulunmaktadır.

Boş Aşk: Tutku ve yakınlık bileşenlerini içermeyen, sadece bağlılığın sözkonusu olduğu ilişkilerdir. Karşılıklı duygusal yakınlığın ve fiziksel çekimin azaldığı ya da ortadan kalktığı ve uzun süredir devam eden ilişkilerde görülen, aşksızlığa yakın bir durumdur.

Romantik Aşk: Yakınlık ve tutkunun bulunduğu ancak bağlılık içermeyen ilişkilerdir. Kişiler birbirlerine karşı fiziksel ve duygusal olarak ilgi duyarlar fakat aşklarının sonu belirsizdir.

Dostça Aşk: Bağlılık ve yakınlık bileşenlerinin egemen olduğu, tutku içermeyen ilişkilerdir. Genellikle fiziksel çekimin son bulduğu uzun süreli ilişkilerde ve evliliğin ilerleyen yıllarında görülür.

Aptalca Aşk: Yakınlık içermeyen ancak tutku ve bağlılık bileşenlerinin fazlasıyla bulunduğu ilişkilerdir. Yakınlık göz ardı edilip tutkuya dayalı bir bağlılık yaratılır. Zaman içinde tutku ortadan kalkınca geriye yalnızca bağlılık kalır.

Mükemmel Aşk: Üç bileşenin bir arada bulunduğu ve üç bileşen arasında dengenin kurulduğu ilişkilerdir. Çoğumuz böyle bir ilişkiyi arzularız. Ancak bu tür bir ilişkinin kurulması, süreceği anlamına gelmez.

Sizin Sevgi Diliniz Nedir?

Herkes aynı dili konuşsa da algıları, anlaşılmaları ve anlama düzeyleri birbirinden farklıdır. Aynı şeyi söylediğin halde bile söylediklerini çok farklı şekilde anlayan insanlar olmuştur hayatında. Hatırla. İnsanların beklentileri, yaşadıkları ve karakter yapıları bile aslında ortak anlamlara gelecek sözleri farklı şekilde yorumlamalarına sebep olabilir. Basit sözlerin bile yeri geldiğinde çok karmaşık hale geldiği günümüzde, sevginin ifade edilmesi de kişiden kişiye göre değişiklik göstermektedir. Aslında hangi dilde ve ne şekilde olursa olsun, sevginin her yerde kendini belli eden en belirgin özelliği değer vermek, kaybetmekten korkmak ve karşındaki insana hayatında bir öncelik tanımaktır. Ancak bu ayrıcalıkların dışında insanların sevildiğini hissetmesi ve doğru yerde olduğunu fark etmesini sağlayan durumlar vardır. Bunları başlıklar altında ele alalım.

Sürekli takdir bekleyenler:

Bazı insanlar dış destekli yaşarlar ve sürekli ruhlarının okşanmasını talep ederler. Bu insanların duygusal olarak tercih ettikleri kişilik tipleri de bu boşluklarını ve beklentilerini karşılayan insanlardır. Kendilerini özel hissetmeleri için gerçek ve gerçek dışı, doğru veya yanlış, mevcut olan veya olmayan iltifatlarla beslenmeleri gerekir. Aksi halde, en ufak bir olumsuz görüşte veya eleştirinizde sizi de diğerlerinden farksız görmeye başlarlar. Bu insanların sevgi dili sürekli iltifat almaktır. Kişilik yapıları kendileri hakkında olumsuz yorumlara karşı direnir. Değişime kapalıdırlar. Kendilerine hayran olan veya olduğunu düşündükleri insanlardan bir çevre kurarlar. Duygusal ilişki kuracaklarını da bu insanlar arasından seçerler. Baskın karakterdirler. Hediye almayı çok severler. Modları anlık olarak değişkenlik gösterebilir. Uzun ve sağlıklı ilişkiler kuramazlar. Özgüvenleri düşüktür. Yetersizliklerini, tartışmalar sırasında sıkça başvurdukları kabalıklarıyla kapatırlar. Birçoğunun çocukluk ve ergenlikten getirdikleri ciddi psikolojik sorunları vardır.

Geyşa ruhlu kadınlar:

Bazı insanlar mutlu ettikçe mutlu olurlar. Yaptıklarından dolayı karşısındaki insanın yüzündeki bir tebessümle ve samimi bir teşekkürle beslenirler. Onların sevgi dili fedakârlıktır. Sevdikleri insanların hayatlarını kolaylaştırdıkları ve onları mutlu ettikleri sürece kendilerini iyi hissederler ve mutlu olurlar. Varlıklarının ne kadar değerli olduğunun hissettirmesi, bu insanların moral ve motivasyonu için çok önemlidir. Tam bir adanmışlık içinde hareket ederler. İlişkilerine, eşlerine ve çocuklarına en iyisini verebilmek için bıkmadan usanmadan çalışırlar. En iyi sevgili, en iyi eş, en iyi anne, en iyi komşu, en iyi gelin vs. olurlar. Ama bu insanların birçoğu hayatı ıskalarlar. Kendilerine hep geç kalırlar. Çabuk çöküp tükenirler. Ve çoğu zaman da hayal kırıklıklarıyla yüzleşirler. Ama kişilik yapıları ile sevgi dilleri bu olduğu için kolay kolay değişemezler ve aynı yollardan tekrar tekrar geçerler. "Değmezmiş, kendime ettim, ben bunu hak etmedim, nankörler vs." gibi pişmanlık ifadelerini onlardan sık sık duyarsınız.

Özgür ruhlular:

Başlıktan da anlaşılacağı üzere, bu insanların maceracı bir ruhları vardır. Uzun yolculukları, yeni mekânları ve yeni insanlar tanımayı tercih ederler. Eş ya da partnerlerini de aynı ruhtan tercih ederler. Sık sık şehir, mekân ve ev değiştirirler. Rutinlerden pek hoşlanmazlar. Mal ve para biriktirmeyi sevmezler. Onun yerine güzel anılar biriktirirler. Kazandıklarının çoğunu gizemli yolculuklarına harcarlar. Anı yaşamayı tercih eden insanlardır. Geç ebeveyn olmayı tercih ederler ve çocuklarını da aynı özgür ruhla büyütürler. Bu insanlar için hayat; gezmek, eğlenmek ve hayatın tadını çıkarmaktan ibarettir. Onlara vereceğiniz en güzel hediye uzak bir ülkeye alınmış uçak bileti ya da planlanmış çadır tatilidir. Fazla romantik sayılmazlar. Neşeli tiplerdir. Kalabalık çevreleri vardır. "Dünyaya bir daha mı geleceğim," sözüyle bu insanları diğerlerinden kolayca ayırt edebilirsiniz.

Bağımlılar:

Bu insanların bir bütün olabilmeleri ve kendilerini ifade edebilmeleri için yanlarında mutlaka eşlerinin veya partnerlerinin olması gerekir. Onlar olmadan genelde silik ve özgüvensiz tiplerdir. Partnerlerinin yanından asla ayrılmazlar. Bunu sadece sevgiyle açıklamak mümkün değildir. Bu aynı zamanda, bu insanların güvensizliğinin de bir sonucudur. Kendilerini eksik buldukları için aldatılacaklarını ve terk edileceklerini zannederler. Birlikte yapılan her aktiviteden hoşlanırlar. Bu şekilde kendilerinin sevildiğini hissederler. Partnerleri yanlarında olmadığı durumlarda sürekli ararlar veya mesaj atarak varlıklarını hatırlatma ihtiyacı duyarlar. Genelde çok fazla arkadaşları yoktur. İlgi ve sorularıyla partnerlerini boğarlar. Paranoyak tiplerdir. Boş zamanlarında sürekli kafalarında kurar ve zamanla buna inanırlar. Zor insanlardır. Hayatı kendilerine de partnerlerine de zindan ederler. Evde birlikte geçirilen saatler onların en mutlu olduğu zamanlardır.

Umursamazlar:

Belki de en zor anlaşılan insan tiplerindendir. Rahatlıklarıyla ve sakinlikleriyle bilinirler. Soğukkanlılıktan öte bir rahatlıkları vardır. Siz onları "boş ver hallederiz, aceleye gerek yok, takma kafana vb." ifadelerinden tanırsınız. Uzun süre aynı koltukta oturmak, haddinden fazla uyumak, her şeyi zamana bırakmak, dağınık çalışmak, az konuşmak ve her yerde ve her durumda rahat davranmak en belirgin kişilik özellikleridir. Giderken onu bıraktığınız koltukta saatler sonra yine aynı şekilde bulabilirsiniz. Çoğu şeyi kafalarına takmazlar. Aslında tam bu dünyanın insanlarıdır. Ağır hareket ederler ve çok ağır yaşarlar. Sevgi dilleri ise "ama bana dokunma"dır. Böylesine rahat bir kişilik, sorumluluk sahibi ve tez canlı bir insanı çileden çıkarmak için yeterlidir. Bu tür insanlardan bir şey isterken birçok kez söylemeniz ve sonucu sabırla beklemeniz gerekir. Aslında eğlenceli tiplerdir. Az konuşsalar da, asla boş konuşmazlar. Esprili kişiliklerdir. Kolay kolay değişmezler. Kimseyi değiştirmeye de çalışmazlar. Onları olduğu gibi kabul etmeniz gerekir. Sadık insanlardır. Ama ebeveyn olmak noktasında bir çocuğun sorumluluğunu çoğunlukla karşılarındaki insan yüklenir. Keyif insanlarıdır onlar. Yüzlerinde sürekli tuhaf bir tebessüm vardır. Uyumludurlar. Hayatlarındaki en zor kararları, oturdukları yerden kalkıp kalkmama konusundadır.

Biz onunla arkadaş gibiyiz:

Az bulunan ama herkesin hayal ettiği ilişki türüdür. Bağımlılık değil bağlılık, şüphe değil güven, vıcık vıcık bir aşk değil samimi bir birliktelik, bahanecilik değil çözümcülük, bencillik değil çoğulculuk üzerine kurulmuştur. Aslında birçoğumuzun tarifini çok iyi yaptığı, istediği bir durumdur. Peki gerçekten de var mıdır böyle ilişkiler? Evet, kesinlikle vardır. Sayıları çok fazla olmadığı için çevremizde pek şahit olamasak da birbirlerinin hayatlarında birer mucize gibi yaşayan, yaşatılan ve değer gören beraberlikler var. Ve birçoğunun ortak noktası nedir, biliyor musunuz? Bu çiftler çoğunlukla arkadaşlık sürecinde birbirlerini tanımışlardır.

Birbirlerini bir beklenti içine hiç girmeden, en doğal ortamlarında gözlemişlerdir. Acılarına, sevinçlerine, zaaflarına, güçlü yanlarına ve belki de çoğu kez ayrılıklarına tanık olmuşlardır. Çoğu zaman birbirlerinin omuzlarında teselli bulmuşlardır. Aynı filme gülmüşler, aynı yolda yürümüşlerdir. Sadece birbirlerini değil, ailelerini de çok yakından tanıma fırsatı bulmuşlardır. Ve belki de birçoğu yine ailelerinin "neden onu düşünmüyorsun" teklifi ve ısrarıyla aynı yastığa baş koymuşlardır. Burada sorulması gereken soru belki de şudur: "Öncesinde arkadaşım dediğin bir insana karşı sonrasında duygusal bir şeyler hissedebilir misin? Ya da bazılarının yaptığı ya da yapmaya çalıştığı gibi, duygusal bağ kurduğun bir insanla ayrıldıktan sonra arkadaşlığına devam edebilir misin?"

Konumuz gereği biz ilk soruyu irdeleyeceğiz. Genellikle mantık evliliği yapmak isteyenlerin tercih ettiği birlikteliktir. Tanıdığın bir insanı zaman içerisinde sevmek birçok insanın başına gelmiş bir durumdur. Birçoğu geçmişini, huyunu, hayallerini, zevklerini, ailesini, arkadaşlarını bildiği birini tercih etmek ister. Bu da ancak her şeyin samimiyet içerisinde paylaşıldığı bir süreçte gerçekleşebilir. Tabii ki her zaman sonuç istediğiniz gibi olmayabilir. Hatta bir süre sonra, "Hayatını ezbere bildiğim bir insan, nasıl böyle değişti?" de diyebilirsiniz. Hayatta her zaman risklerin olduğunu ve çok yakından tanıdığınız insanların değişebileceği gerçeğini unutmayın.

90/10 Kuralı

Lao Tzu, "Düşüncelerini izle, sonra onlar kelimelere dönüşür. Kelimelerini izle, sonra onlar eyleme dönüşür. Eylemlerini izle, sonra onlar alışkanlıklarına dönüşür. Alışkanlıklarını izle, sonra onlar karakterine dönüşür. Karakterini izle, sonra onlar kaderine dönüşür," der.

Hayatımızın yüzde onunu kontrolümüz dışında gelişen, hayatın bize getirdikleri; kalan yüzde doksanını ise başımıza gelenlere verdiğimiz tepkilerin oluşturduğunu söyler Amerikalı liderlik otoritesi Dr. Stephen R. Covey. Yani sizin kontrolünüz dışında başınıza gelecek binlerce olumsuz durum. Ve işin en ilginç yanı da tüm bu sorunların ömrünüzün sadece yüzde onunu oluşturduğu. Yaşanacak olumsuzluklar binlerce ama bu süreç sadece hayatınızın yüzde onunu meşgul edecek. Konuya şimdi biraz daha iyimser baktığınızı umut ediyorum. Şimdi sıkı durun. Kalan yüzde doksanlık kısmı tamamen size bağlı. Karşınıza çıkan sorunlara karşı nasıl tepki verdiğinize, ne kadar mantıklı düşündüğünüze, çözüm üretme becerinize, yani kişiliğinize bağlı. Gün içerisinde yaşadığı küçük bir sorunu tüm gün kafasına takan, uykuları kaçan ve en karamsar senaryolar kuran insanlar var. Eminim bu tariften sonra aklınıza birkaç kişi gelmiştir bile. Belki de tarife uyan profil sizinki.

Şimdi gelin konuyu biraz daha derinlemesine ele alalım. Yaşadığımız birçok olayın anlamı ve ağırlığı bizim onlara verdiğimiz tepkilere göre kafamızda yer işgal eder. Mesela, günlük hayatta çok az yüz yüze geldiğimiz bir insanın bizimle ilgili görüşlerini normalde çok fazla dert etmememiz gerekir. Ya da çok beğenerek aldığımız bir kıyafetle ilgili bizim için herhangi biri olmaktan öteye geçemeyen insanların olumsuz yargılarını kafamıza takmamamız gerekir. Günlerce beklediğimiz bir pazar pikniğinin hava durumunun elverişsiz olması sebebiyle iptal edilmesi, başka bir plan yapmamıza engel olmamalı. Ama birçok insan bu tür olumsuzluklar karşısında hiç de sağlıklı tepkiler veremiyor. Öfkesini bazen çevresindekileri inciterek ya da tüm gününü mahvederek geçiriyor. Peki, sözlerin bıçaktan keskin, gözlerin kin dolu ve insanların da acımasız olduğu şu zamanda psikolojimizi korumak için neler yapabiliriz?

- Öncelikle kontrol edemediğiniz olumsuz durumları öfkeyle değil, sakin bir kafayla değerlendirin.
- Bu durumdan kurtulmak için oluşturduğunuz çözüm önerilerini sıralayın ve bunları fikirlerine güvendiğiniz insanlarla gözden geçirin.
- Süreç içerisinde sakinliğinizi mutlaka koruyun.

- Geçmişte böyle durumlarla karşılaştığınızda düşündüğünüz gibi çok kötü sonuçlanmadığını, hatta bazılarının sizin için daha hayırlı olduğunu hatırlayın.
- Hayatınızda çok da yeri ve önemi olmayan insanların sizinle ilgili fikirlerini kulak arkası etmeyi alışkanlık haline getirin. Ne söylendiğinden daha çok, bu sözü kimin söylediğine odaklanın.
- Olaylarla ilgili gerçekleri ilk ağızdan öğrenmeden harekete geçmeyin.
- Stresle baş edebilme teknikleri konusunda daha çok bilgi edinin ve bu teknikleri alışkanlık haline getirin.
- En önemlisi de başınıza gelen olayların yüzde onunu kontrol edemediğinizi ama onlara verebileceğiniz tepkilerin kontrolünün sizin elinizde olduğunu kavrayın.

İnsanlara göre değil, gönlünüze göre yaşayın.

İlişki, iki kişi arasında doğup büyüyen bir canlıdır aslında. Belki eti kemiği yoktur ama öyle derinden hissedersin ki onu, sanki canının içinde bir can taşırsın. Her canlının ölümü gibi, bir insanın varlığına içinizde son vermek ya da bir insanda son bulmak da bir travmadır. Alışkanlıklara, anılara, hayallerini kurduğunuz yarınlara, hep el ele yürüdüğünüz yollara, uyandığınızda ondan gelen bir mesajla güne mutlu başladığınız sabahlara ve ancak onunla anlamı olan şarkılara veda etmek acıdır. Evet, varlığına alıştığınız bir insanın yokluğuyla yüzleşmek fazlasıyla acıtır. Bu ayrılık süreci, kişilik yapınıza ve ilişkinizin derinliğine göre değişen bir yas süreci barındırır içinde. Bitişin ardından biraz hüzün, biraz kızgınlık, biraz özlem, biraz hayal kırıklığı ve çoğu zaman da büyük bir acı bırakır geriye. Bu yüzden sevdiğiniz birinin ölümüne alışmamızı sağlayan yas tutma sürecini, ilişkiler bittikten sonra da yapmak gerekir.

Böyle bir durumda size yakışır bir şekilde veda etmek, içinizdekileri söylemek ve geçmişle yüzleşmek çok önemlidir. Çünkü zihnimiz, yarım kalmış işleri tamamlayabilmek için bir telefonun arka planında çalışan uygulamalar gibi hep açık tutar kendini. Zihin, geçmişe ait o çekmeceyi kapatamadığı için sürekli kendini sorgular. Bu acımasız sorgulamalar da, bu iç konuşmalar da, anında duygulara dönüşür. Bu da, telefonun bataryasını çabucak bitirdiği gibi, ruhumuzun enerjisini de tüketip durur.

Peki, bu nasıl olacak? Biten ilişkinin yasını nasıl tutacağız? İlişkilerin ilk bitiş anları genelde şok etkisi yapar. Derin bir acı ve ağırlık hissederiz göğsümüzün üzerinde. İçimizdeki bu ağırlık hissi, hemen kaçıp kurtulabileceğimiz türden değildir. Uykusuz geceler, yeme bozuklukları, alınganlıklar, yalnızlıklar, cevap bekleyen sorular ve sonrasında kendinize çok kızacağınız davranışlar bekler sizi. Evet, bu acı ilk zamanlar yoğun yaşanacak. Bedenimizi fena halde hırpalayacak. Bizi olur olmaz yerlerde ağlatacak. Eğer ki bu yas sürecini sağlıklı tamamlayabilirsek bedenimiz gibi ruhumuz da bu duruma zamanla alışacak ve o yara elbette bir gün kapanacak. Unutmayın ki böyle ağır travmaların ve ağır duyguların etrafından dolaşamazsınız. İçinden geçmek zorundasınız.

Yani belki içiniz çok yanacak ama emin olun ki arınarak çıkacaksınız bu süreçten. Gün gelecek, hiçbir acının ilk günkü gibi içinizi kavurmadığını anlayacaksınız. "Onsuz asla," dediğiniz her ne varsa hayata dair, hepsine teker teker alışacaksınız. "Onsuz bir tadı yok," dediklerinizi gün gelecek tek başınıza yaşayacaksınız. Ve emin olun, zamanla bundan keyif de alacaksızınız. Çünkü "alışmak" insanın hayatta kalabilmesini sağlayan en büyük lütuflardan biridir.

Önemli olan, yaşanandan ders çıkarmaktır. Yaptığını ve yaşadığını bir hata olarak görüyorsan onu tekrar yapmamaktır. Doğruyu cebine koyup yanlış olanı bir kenara bırakmaktır. Yani önemli olan, geride bıraktıklarından pişman olmamaktır. Kalmışsa içinizde bir pişmanlık, bunun için kendinizi suçlamamaktır. Kızgınlıkla aynada baktığın yüzünle arayı fazla soğutmadan en kısa zamanda tekrar barışmaktır. Aksi halde bu ruh hali sizi en geç bir hafta içinde depresyona sokacaktır. Ve girdiğiniz bu depresyon belki aylarınıza, yıllarınıza mal olacaktır.

Ayrıldıktan sonra en temel kural, hayata tekrar tutunmaktır. Aynada yüzünüze ve hayata gülümseyerek, "Nerde kalmıştık," diyerek adım atmaktır. İşte tam da bu noktada size en iyi gelecek olan; aileniz, dostlarınız ve hobilerinizdir. Herkes şu hayatta düşer ve kalkar. Size uzatılan ellere lütfen sırtınızı dönmeyin. Onların iyi niyetlerini ve hoş sohbetlerini lütfen önemseyin. Yani yalnız kalarak, kendinizi odalara kapatarak ve hayattan uzaklaşarak hayatı kendinize zindan etmeyin.

Bir süre keyif alamasınız da bu yeni normalinizden, olsun, yine de lütfen deneyin. Göreceksiniz ki iyi gelecek. Siz asık suratla dışarıda kahvenizi yudumlarken belki bir çocuğun gülümsemesi, belki bir martının sesi, kimbilir belki de bir dostun şefkat dolu o gölgesi size iyi gelecek. Ağlamak isteğinizde ağlayın. Gülmek isteğinizde gülün ama bunu yaparken lütfen hayatın içinde kalın.

Bir diğer yapılmaması gereken husus da, özellikle ilişkiler bittikten sonra, can acısıyla akıl işlevini yitirmeye başladığında, kontrolü ilkel duygulara bırakıp o ilkelliğin bizi yönetmesine izin vermektir. Özellikle karşı tarafın canını acıtmak için ya da kendi acımızla baş edemediğimizde yeni birini bulma arayışı içine girebiliriz. Bunu lütfen yapmayın. Yaranızı tuzla sarmayın. Bedeninizi ve ruhunuzu biraz zamana bırakın. Hele bir durulsun şu sular, taşlar otursun yerine ve kalp de, "Evet, ben hazırım," desin, işte o zaman yeni ufuklara yelkenlerinizi açın. Yüreğinize dokunanları, lütfen önce mantığınızla enine boyuna sorgulayın. Unutmayın ki büyük depremde yıkılmayanlar binalar, artçı depremlerle yıkılır. Son bir şey daha. Her ayrılık belki sizden çok şey koparır ve çok şey alır. Ama bilin ki aldıklarının çok daha fazlasını size bırakır. İster adına tecrübe deyin ister yaşanmışlık. İster aldanmışlık deyin ister pişmanlık. Sonuçta bu sizin hikâyeniz. Lütfen insanlara göre değil, gönlünüze göre yaşayın.

Gitmeyi Bilmek

Victor Hugo'nun, "Yerini vaktinde terk etmeyi bilmek, gerçek olgunluktur. Sadece âcizler kalmakta ısrar eder," sözü çok güç veriyor bana.

Ve anımsadıkça terk etmem gereken yeri, insanları ve olmamam gereken her yeri terk ediyorum. Çünkü âciz bir insan değilim, bunu iyi biliyorum.

Şu hayatta her şeyin doğru bir zamanı vardır. Bilmek gerekir; nerede konuşup nerede susacağını, derdini kime anlatıp yaranı kimden uzak tutacağını ve kime adım atıp kimden kaçacağını. Kimden ne zaman gideceğini bilmek de hayatımızda verdiğimiz en önemli kararlardandır.

"Gitmek" kendi içinde başlı başına olumsuz bir durum içerir. Tüm ayrılık şarkılarının ve hüzünlü şiirlerin kapak adıdır. Hele ki geride bıraktığın topraklarda çok derin köklerin varsa eğer. İşte o zaman bu bir devrime dönüşür senin için. O kalın zincirlerini kırmak; yıllarını, anılarını ve alışkanlıklarını geride bırakmak öyle kolay değildir. Bir öfke anında kolayca söylendiği gibi yaşanmaz gitmelerin gerçeği. Her sabah uyandığında boş boş baktığın o duvarlar değişir mesela. Yürüdüğün yollar, selam verdiğin insanlar ve hatta yıllarca üzerine bastığın topraklar değişir. Ama en önemlisi nedir, biliyor musun? Gitmekle içindeki sen değişir. Bir kez adım atınca o kapıdan dışarıya, senden birçok şey de geride kalır. Ve çoğunlukla bıraktığının fazlasını götürürsün.

Peki, böylesine zorlu bir sürece ve yol ayrımına nasıl gelir insan? Doğru zaman nedir? Kimden ve neden gidilir? Her insan gidebilir mi?

Gitmek fiili aynı zamanda kendi içinde yeni başlangıçların ve yeni hayatların da anahtarıdır. Bahsettiğimiz gibi, gitmek her ne kadar ilişkiler için olumsuz bir durumu ifade etse de, aynı zamanda bir dönüşümün habercisidir. Üzerine ölü toprağı atılmış, hayatı alışkanlıklar dışına çıkamamış ve yaşadığı olumsuzluklar artık yüreğinden dışarı taşmış insanlar için yeniden filizlenme mevsimidir.

Hiç kimse durduk yere gitmek istemez birilerinden ya da bir yerlerden. Ya biri itmiştir onu ya da çoktan vazgeçmiştir. Ya sabrı tükenmiştir ya da gücü bitmiştir. Yani kaldığı yerden ve yüzlerine gülümsediği insanlardan tüm umudunu kaybetmiştir. Dedim ya, hiçbir eylem öyle durduk yere gerçekleşmez. Yaşanan her hayal kırıklığı, hak etmediği şeyleri yaşamanın sıklığı ve her gece başımızı yastığa koyduğumuzda içimizden yükselen, "Ben yanlış bir karar vermişim," sesiyle pişmanlığımız arttıkça insan daha fazla bakar kapıya ve yollara. Kim ister bir anda tüm düzenini değiştirmeyi? Ama bazı ilişkiler insanların sınırlarını ve sinirlerini fazlasıyla zorlar. Sözler ağırlaşır, davranışlar kabalaşır ve küçük tartışmalar bile içinden çıkılmaz boyutlara ulaşır. Ve bir gün bakar insan karşısındaki insanın donuk gözlerine. Ve der ki: "Ben bu insanla ömrümün geri kalanını gerçekten birlikte geçirmek istiyor muyum?" İşte bu sorunun cevabı insanların kaderini ve yolunu belirler. Yani sözün özü; biri iter, biri gider.

Mutsuz olduğu, değer görmediği, yanlarında kendini çok mutsuz hissettiği yerlerden ve insanlardan gidebilmek güçlü bir kişilik ile duruş gerektirir. Bu güçlü kişiliğin yanında, sosyal ve ekonomik yönden desteklenmesi gerekir gidenlerin. Ama tüm bu imkânlardan yoksun olacağını bile bile, öyle kararlı gidişler vardır ki önüne koca bir dağı koysanız yolundan ve kararından asla döndüremezsiniz.

İşte, hayatı sil baştan yaşayanların, kendilerine yaslanarak tekrar ayağa kalkanların, gücünü kendi kanatlarında bulanların hikâyesi böyledir. Hepsi başlı başına birer başarı hikâyesidir. Hepsi birer Anka kuşudur. Pes etmek için binlerce sebepleri varken, tutunacak bir dal bulup, "Ben daha bitti demedim," diyenlerin yaşam öyküleri. Gelin bu insanları biraz daha yakından tanıyalım.

- Bu insanlar, kendi işlerini kendileri halletmeye alışmışlardır. Zorunda kalmadıkları sürece dışarıdan asla yardım almazlar. Son derece gururludurlar.
- Bir kalıba girmeyi sonuna kadar reddederler. Birinin gölgesi altında yaşamak istemezler. Bu insanların ruhlarını ve hayallerini asla zincire vuramazsınız. Çok zorlarsanız elinizden uçup giderler.

- Birçoğundan daha fazla tecrübeleri vardır. Hayatı akıl süzgeciyle değil gönül gözüyle de süzerler. Farkındalıkları yüksektir. Çevrelerinde olup bitenleri, arkalarından çevrilen dolapları ve söylenen yalanları kolaylıkla anlarlar.
- Kendilerini kanıtlamaya asla ihtiyaçları yoktur. Birçoğuna göre kalın bir başarı kitabı olabilecek hayatları, onlar için gayet normaldir.
- Kimin ne yaptığıyla, nereye gittiğiyle, ne giydiğiyle vs. ilgilenmezler. Vakitlerini asla böyle basit şeyler için harcamazlar.
- Çok yardımsever insanlardır. Acının, yalnızlığın ve çaresizliğin ne demek olduğunu çok iyi bildiklerinden, vicdan ve merhamet duyguları çok güçlüdür. Omzuna başınızı yaslayıp konuşmak ve ağlamak istediğinizde aklınıza ilk gelen insanlardır onlar.
- Kalabalıklarda şen kahkahalarından, yalnızken gözyaşlarından tanırsınız onları. Çok güvendiği insanların yanında ağlarlar. Hiç kimsenin onları zayıf görmesini istemezler.
- Sadakat, güven ve dürüstlük ortak kişilik özellikleridir. Bu sebepten dolayı çevreleri çok kalabalık olsa da genelde yalnız insanlardır.

Zordur gitmek. Özellikle arkana bakarak gidiyorsan eğer, işte onun acısı dayanılmazdır. Yaşayan bilir. Gitmemek ve kalmak için savaşan bilir.

İşte burada en büyük dost, zamanın ta kendisidir. O büyük usta aslında bize şunu der: "Kırılmış kalbini de yaşanması mümkün olan ama yaşanmayan hayallerini de bana bırak. Sonunda göreceksin ki kaybettim diye düşündüğün birçok şeyin daha fazlasını ve daha güzelini yaşayacaksın. Şimdilik sabret." Hayat çoğunlukla vereceğimiz kararlarda önümüze bol seçenek sunmaz. Özellikle ilişkilerin çıkmaz sokaklara girdiği, kendi kendini sürekli tekrar ettiği ve dayanılmaz noktalara geldiği dönemlerde açabileceğimiz tek kapı vardır: *veda kapısı...*

Seçenek olduğunuz hayatlarda kalmayın.
Özsaygı, geçici insanlara hissettiğiniz
duygulardan daha önemlidir.

Haklıysan boyun eğmeyeceksin.

Hz. Ali der ki:

"Haksızlık karşısında eğilmeyiniz.

Çünkü hakkınızla birlikte şerefinizi de kaybedersiniz."

Bazen yaşadıkların karşısındaki suskunluğunu ve içine attıklarını bir yanardağ gibi muhataplarının yüzüne haykırmak istiyorsun, değil mi?

Bazı geceler, gün içinde yaşadığın sorunları düşününce "karşısında neden sustum ki ben" pişmanlığıyla uyuyamıyorsun, değil mi?

Bazen sana karşı bir zorbalık uygulandığını ve hakkının yendiğini bildiğin halde, "Boş ver," diyerek geçiştirmeye çalışıyorsun, değil mi?

Hakkını savunacak gücün kalmadığını anladığın zamanlarda ya geri adım atıyor ya da çevrende seni savunup koruyacak birini arıyorsun, değil mi?

Saygıyı hak etmeyenlere bile aşırı derecede saygı gösteriyor ve onlara söylemek istediklerin ile söylediklerin hiç de birbirini tutmuyor, değil mi?

Gereksiz yere dilenen özürlerin, kibarlıkların ve abartılı teşekkürlerin haddi hesabı yok, değil mi hayatında?

Yukarıda saydığım sorulardan birçoğunu, "Evet," diye cevaplıyorsan içindeki pişmanlıkların ve kaygıların da oldukça fazladır diye düşünüyorum. Çünkü yeri geldiğinde söylenmemiş her söz, içeride yaşatılan ve pişmanlıkla beslenen her duygu insanı fazlasıyla yorar. Kabul ediyorum, bazı sorunların ve soruların cevabı zamana bırakılabilir ama zamana bırakılmayacak, sıcağı sıcağına çözüme kavuşturulması gereken konular da vardır.

"İçine atıp sana dert olacağına, konuş da dert sahibini bulsun," derler. İnsanların senin sorunlarına karşı ilgisiz olması onların sorunu. Ama onların senin hakkını yemesi ve senin bunlara karşı sessiz kalman ise senin sorunundur. Şunu sakın unutma; yeri geldiğinde konuşmak ve hakkını savunmanın verdiği rahatlık, susmanın verdiği pişmanlıktan kat kat daha iyidir. Hiç kimseye ama hiç kimseye senin hakkında, "O ses çıkarmaz, o zaten hemen kabul eder, onun ağzı var dili yok, o hakkını savunamaz..." rahatlığı verme. Bugün elindeki hakkını çalan, gün gelir her şeyine göz diker. Senin iyi niyetli olarak göz yumdukların, gün gelir tepene çıkar.

Her ne kadar yaşadığımız dünya güçlünün haklı olduğu bir düzen üzerine kurulsa da sen kendin için haklı olmanın gücünü asla ve asla küçümseme. Yeri geldiğinde sırada önüne geçene, "Sıraya gir," demeyi, sana söz hakkı tanımayana, "Dur bakalım orada!" demeyi, emeğin ve hakkın olan ne varsa, "Bu benim hakkım!" demeyi, isteklerine ve hayallerine senin imkânlarını, senin suskunluklarını ve senin sevgini kullanarak ulaşmak isteyenlere de, "Buna artık izin vermeyeceğim," demeyi öğrenmelisin. Hiç kırılmamış gibi yapman gerekmiyor. Kırıldığında yüreğinin sesini herkes duymalı. İçine sinmeyenleri içine atman gerekmiyor. Varsa hoşuna gitmeyen bir şey, bunu korkmadan cesurca konuşmalı. Yani demek istediğim, senin içindeki çığlıklardan, buna sebep olan herkesin haberi olmalı.

Sen elinden geldiğince sahip çık dünyadaki payına, hakkın olana ve hayatına. Kızgınsan göster, öfkeliysen hissettir, huzursuzsan konuş ve aklına yatmadıysa, içine sinmiyorsa yapma. Seni eksik bırakacak bir şey varsa ortada, bu duruma asla boyun eğme ve hak etmeyenin eline onu bırakma.

Ünlü Rus yazar Anton Çehov, "Ödlek"* isimli öyküsünde hakkını aramak konusunu bakın nasıl da güzel anlatmış:

"Birkaç gün önce, evde çocuklarıma ders veren öğretmen hanımı çalışma odama çağırmıştım.

'Otur, Julia Vassilyevna,' dedim. 'Aramızdaki hesabı kapatalım. Her ne kadar şu anda paraya ihtiyacın varsa da, resmi bir merasimde bekler gibi bekleyeceğini ve bir türlü kendiliğinden gelip alacağını istemeyeceğini biliyorum. Neyse, gelelim hesabımıza: Ayda otuz rubleye anlaşmıştık...'

'Kırk.'

---

* *Hikâyeler*, Harekat Yayınları.

'Hayır, otuz. Not etmiştim, çok iyi aklımda. Hem ben öğretmenlere her zaman ayda otuz ruble öderim. Bu duruma göre; buraya geleli iki ay oluyor, dolayısıyla...'

'İki ay beş gün.'

'Tam tamamına iki ay. İşe başladığın günü özellikle not etmiştim. Bu demektir ki, altmış ruble kazanmışsın. Ancak sen bu iki aydan pazar günlerini çık... Biliyorsun ki, pazarları Kolya'ya bir şey öğretmedin, sadece beraber yürüyüşlere çıktınız. Ve üç tatil günü...'

Julia Vassiyevna kızgınlıktan kıpkırmızı kesildi ve öfkeden iki eliyle sıkı sıkı entarisinin eteklerine yapıştı. Fakat hepsi bu kadar... Tek bir çıt dahi çıkarmadı.

'Dokuz pazar, üç tatil günü, yani on iki rubleyi çık! Dört gün Kolya hastaydı, dolayısıyla ders falan vermedin, zaten o sıralarda Vanya ile uğraşıyordun. Üç gün de bir diş ağrısı yüzünden çalışmamıştın ve karım sana öğleden sonraları dinlenmen için izin vermişti. On iki, yedi daha eder on dokuz. Altmıştan çıkar, geriye ne kalır? Hımm... Kırk bir ruble. Tamam mı?'

Julia Vassilyevna'nın sol gözü kızarmış, yaşla dolmaya başlamıştı bile. Çenesi hafifçe titriyordu... Sinirli sinirli öksürdü, hızla burnunu sildi. Ancak hepsi bu kadar... Tek bir çıt yok.

'Yılbaşına yakın bir gün, bir çay bardağı ve bir de tabak kırmıştın. Bunlar için de iki ruble çıkar. Çay bardağı dededen kalma antika olduğu için aslında iki rubleden çok daha fazla ederdi, ama neyse... Boş ver. İşin sonunda ben ne zaman zararlı çıkmadım ki! İhmalin yüzünden Kolya bir gün ağaca tırmanmış ve ceketini yırtmıştı. Onun için de on ruble say. Yine senin dikkatsizliğinin yüzünden hizmetçi kız Vanya'nın ayakkabılarını çalmıştı! Evde tüm olup bitenleri dikkatle izlemen gerekir. Sana bunun için para veriyoruz. Dolayısıyla beş ruble daha çık. Ocak ayının sonunda sana on ruble vermiştim...'

'Hayır, böyle bir şey yapmadınız!' diye Julia Vassilyevna zorlukla yutkunarak cevap verdi.

'Not etmiştim. Yanlış olmama imkân yok!'

'Şey... Peki, öyleyse.'

'Kırk birden yirmi yediyi çıkar, kalır sana on dört.'

Kızcağızın şimdi iki gözü birden yaşla dolmuştu. Küçücük şirin burnunun altında da ter damlacıkları belirmeye başlamıştı.

Zavallı kız! 'Şimdiye kadar bana bir kere para verildi,' diye titreyen sesiyle konuştu. 'Ve o da sizin karınız tarafından. Hepsi üç ruble, fazla değil.'

'Sahi mi? Görüyor musun, ben onu not etmemişim! On dörtten üç daha çıkar, kalır on bir. Al azizim, işte paran: Üç, beş, dokuz, on, on bir. Tamam mı?'

On bir rublesini de avcuna koydum. Uzandı, aldı ve titreyen parmaklarıyla cebine sokuşturdu.

'Mersi,' diye boğuk bir sesle fısıldadı.

Birden yerimden fırladım ve başladım odanın içinde bir aşağı bir yukarı gidip gelmeye. Sinirlerim son derece bozulmuş, kan tepeme fırlamıştı. Kızgın kızgın, 'Ne için bu... 'Mersi,'' diye sordum.

'Verdiğiniz para için.'

'Hakkını yediğimi sen de bal gibi biliyorsun, Aman Tanrım! Ne biçim insansın sen, görmüyor musun ki, seni göz göre göre soydum! Daha ötesi var mı bunun, paranı çaldım! Ve sen hâlâ, 'Mersi,' diyorsun!'

'Bundan önce çalıştığım yerlerde hiç vermemişlerdi.'

'Hiç mi vermemişlerdi? Şaşırmaya da gerek yok ya! Bana gelince, sana ufak bir şaka yaptım. Sırf ders olsun, öğrenesin diye bu insafsızca yolu seçtim... Merak etme, seksen rublenin tamamını da sana vereceğim! Al işte, hepsi şu zarfın içinde seni bekliyor... Ancak bir insanın bu kadar pısırık olabileceğine de hâlâ inanamıyorum! Neden haksızlığa baş kaldırmıyorsun? Dünyada bu denli yüreksiz, tabansız olmak mümkün mü... Bu kadar ödlek olmak?'

Acı bir gülümseme dudaklarının kenarında kıvrıldı. Yüzündeki ifade, 'Mümkün,' diyordu.

Kendisine zalim bir yoldan ufak bir ders verdiğim için özür diledim. O hâlâ şaşkın şaşkın bakınırken eline seksen rubleyi sıkıştırdım. O yine her zamanki 'Mersi'siyle mırıldanır gibi üst üste defalarca teşekkür etti ve odadan çıktı. Arkasından bakarken kendi kendime düşünüyordum:

'Şu dünyada zayıfları ezmek ne kadar kolay!'"

Sorumluluğu ve suçu bize ait olmayan ne çok şeyi omuzladık.

Evet; yaralandık, eksildik ve eskitildik. Hem de yaşadıklarımızın çoğunu hiç de hak etmediğimiz halde birçok şeye göğüs gerdik. Sabrımız, sevgimiz ve iyi niyetimiz defalarca sınandı. Yorulduk. Hem de çok yorulduk. Bazı sabahlar yorgun yüzümüze bakarken, "Böyle mi olmalıydı?" diye kaç kez hayatımızı sorguladık. Yine de dayandık. İyi ya da kötü imtihanlarımızı sabır diyerek sırtımızda ve yüreğimizde taşıdık.

Evet, hiç de adil değildi hayat. Bazıları hiç de utanmazken, rahatsız olmazken yaptıklarından, biz içimizde biriktirdiğimiz enkazın altında kaldık. Hatta o kadar yakınlarımızdan aldık ki bu darbeleri, şaşırmadık. Bazen ailemiz, bazen akrabalarımız ve bazen de, "Asla ondan beklemezdim," dediklerimizin haksızlıklarına uğradık. Bazılarını affettik, bazılarını yok saydık, bazılarını da geçmişin tozlu raflarına kaldırdık. Yani, sorumlusu olmadığımız ve suçlanmayı hak etmediğimiz ne çok şeyi omuzladık. Peki, bitti mi? Bittik mi? Buraya kadar diyerek bir kenara çekildik mi? Asla...

Hayat bazen dersini kibarca verdi bize. Bazen de canımızı acıtarak, "İyi insan ol ama iyi niyetini kullanmalarına sakın izin verme," dedi. "Vicdanının sesini dinle ama insanlığını da hak etmeyenlerin önüne sorgusuz sualsiz serme," dedi. "Herkesle hemen samimi olma, insanlarla mesafeli ol, merhamet bir yere kadar ama az insanla mutlu olmayı öğren, kalabalık olup da sinirlerini boş yere germe," dedi. "Sana bir adım atana bir adım git, samimi olana sarıl, sahip çık ve insanları kendilerini ispatlamaları için zamana bırak; her gönle ve her ortama öyle paldır küldür girme," dedi. Öğrendik. Öğrettiler. Adına tecrübe dedik ve koyduk hepsini cebimize. Zaman içerisinde şekillendik, törpülendik ve büyüdük. Şu dünya üzerine büyük hayaller ve büyük planlar yapılmaması gerektiğini bildik. Küçük mutluluklar edindik kendimize. Onlarla yetindik. Sonuçta geçmişi değiştirmek mümkün değildi. Gelecekse bir muammadan ibaretti. Şu yaşadığımız anı bari insan gibi yaşayalım dedik. Çünkü bizden bir tane daha yoktu ve şu hayat bize sunulmuş bir armağandı. Uzatıp ellerimizi bu gerçeği gönül rahatlığıyla kabul ettik. Hayat bir yoldu ve bu yolu yürümekten başka çaremiz yoktu.

Biz de yolumuza gittik.

Zamanın Kıymetini Bilmek

"Her şey zamanla telafi edilir de,
geçip giden zaman hiçbir şeyle telafi edilemez."

Goethe

Çoğumuzun geriye dönüp her baktığında, "Yazık olmuş," dediğimiz zamanlarımız olmuştur. Ya da, "Şimdiki aklım olsaydı o anların kıymetini daha iyi bilirdim," dediğimiz, o anlara dönmek için çok şeyi feda edebileceğimiz yaşanmışlıklarımız ve yaşanmamışlıklarımız vardır elbet.

Geçmişin adına ister tecrübe deyin ister pişmanlık ama ortada bir gerçek var ki o da sahip olduğumuz tek şey şu andır. Ne kimsenin elinde geçmişi değiştirecek sihirli bir değnek ne de önünde geleceği görecek gizemli bir küre var.

Mademki geçip giden zamanı durduramıyoruz, o zaman elinden tutmasını öğrenelim. Bir anı kumbaramız olsun ve içine güzel anılar biriktirelim. Yıllar sonra şu zamanı düşündüğümüzde, "İyi ki yaşamışım," diyelim. Zaman kavramını bizden sürekli bir şeyler çalan bir hırsız olarak değil de, bize bir şeyler vermek isteyen bir üstat gibi görelim.

Onunla en çok kavgalı olanlar kimlerdir, biliyor musunuz? Zamanı kötü kullananlardır. Onu hoyratça boş yere harcayanlardır. Ve en büyük pişmanlıkları da onlar yaşarlar. En büyük "keşke"ler hep onların dilinde dolaşır. İşte bu yüzden her gece başınızı yastığınıza koyduğunuzda kendinize önce şu soruyu sorun: "Nasıl geçti günüm?" Kendini iyi hissetmek için, kendin için bir şey yaptın mı? Bir insanın mutlu olmasına sebep oldun mu? Günün çoğunda, o tatlı gülümsemen yakıştığı yerden uzun süre kayboldu mu? İşte bu soruların karşılığı olarak, "Harika bir gündü benim için. Çok şükür," diyebiliyorsan eğer o gün sadece nefes almamış, aynı zamanda da yaşamışsındır.

Tagore bir sözünde der ki: "Boş zaman yoktur. Boşa geçen zaman vardır." İşte bu boşluklarda kaybolmana izin verme. Sen onu yönettiğin zaman, o senin hizmetine girer. Ama eğer ki onu serbest bırakırsan senin efendin olur ve o seni istediği gibi yönetir. Ve sakın unutma; o senin en değerli hazinendir. Kime hediye ettiğine, kime ellerinle teslim ettiğine dikkat et. Çünkü kimse sana kaybolan yıllarını geri vermeyecek.

"On dakikalık bir filmin yılın en iyi kısa film unvanını kazandığı ve sinemada gösterime gireceği açıklandı. Filmi izlemeye gelen büyük bir kalabalık toplandı. Seyirciler salona girdi ve film oynamaya başladı ama bir gariplik vardı...

Film başlayalı altı dakika olmasına rağmen ekranda aynı sahne vardı, kamera açısı sadece bir odanın tavanını gösteriyordu. Yedinci dakika da sahnede bir değişiklik olmadan geçince, seyirciler şikâyet etmeye başladılar ve bazıları zamanını kaybettiğini söyleyerek salonu terk etmek istedi...

Aniden kamera açısı tavandan yere indi ve omurilik felci olan, tamamen engelli bir çocuk görüldü. Şu cümle yazılıydı:

'Bu engelli çocuğun hayatının her saatinde gördüğü sahnenin sadece sekiz dakikasını size sunduk ve siz bu sekiz dakikaya bile katlanamadınız. Hayatınızın her saniyesinin değerini bilin ve şükredin.'"

Bize liman olduğunu sandığımız insanların, fırtınanın ta kendisi olduğu gerçeği.

Sevdiği bir insan tarafından incitilmek, şiddet görmek ve aşağılanmak, gerçekten üstesinden gelinmesi çok zor bir durumdur. Acınızda, zor günlerinizde yanınızda olmasını beklediğiniz insanların acının ta kendisi olması ve bizim yar bildiklerimizin yara olması, belki de hayal kırıklıklarının en büyüğüdür.

Bize liman olması gerekenlerin fırtınanın ta kendisini olduğunu bilmek, gerçek yüzlerini görmek ve bu gerçekle yüzleşmek takdir edersiniz ki hayatımızda çok şeyi sorgulamamıza neden olur. Kabul edemeyiz bu durumu.

"Tanıyamamışım onu," diyerek de öyle kolay geçiştiremeyiz. Unutamayız ve öyle kolay kolay da affedemeyiz. Hani hep diyoruz ya, "İnsanları konuşarak değil ancak yaşayarak anlarız," diye, işte durum tam olarak da böyle.

Ama yine de bir insanın şiddete meyilli olup olmadığını anlamak için gözlemlememiz ve dikkat etmemiz gereken noktalar var.

Şiddet eğilimli kişiliği tanımlarken bunu sadece fiziksel şiddete indirmek asla doğru değildir. Duygusal şiddet vardır ki birçok fiziksel şiddet türünden daha örseleyicidir.

Her ne kadar öncesinde bu tür eğilimi olan insanlar kendilerini çok iyi kamufle etseler de davranışlarındaki ayrıntıları çok iyi yakalarsak bu noktaları çok iyi görebiliriz. Eğer iyi bir gözlemciyseniz, karşınızdaki insana sadece gönül gözüyle değil akıl gözüyle de bakabiliyorsanız bu ayrıntıları çok iyi yakalayabilirsiniz. Şimdi gelin, şiddet eğilimli insanların ortak özelliklerine bir bakalım.

Şiddet Eğilimli İnsanlar

Benmerkezcidirler:

Öncelikle kendi ihtiyaçlarının karşılanmasını talep ederler. İstekleri konusunda sabırsız ve ısrarcıdırlar. İstedikleri olmayınca öfkelerine yenik düşerler.

Terk edilmeye ve istenmemeye tahammülleri yoktur:

"Senden ayrılmak istiyorum," ifadesi onları çıldırtır. Bunu asla kabul edemezler. Bu gerçekle yüzleşmemek için her şeyi yapabilecek potansiyelleri vardır. "İnsan sevdiğine kıyamaz" gerçeği yerine "ya benimsin ya toprağın" saçmalığına inanırlar. Bu durum genellikle aşırı kıskançlık duygusuyla birlikte seyreder. Sizi yönetmek ve değiştirmek isterler. Baskın yönü ve yönetme dürtüsü çevrelerindeki tüm insanlar için de geçerlidir. Annesine, kardeşlerine ve iş arkadaşlarına da aynı tavırları sergilerler. Bükemedikleri bilekleri kırma, ikna edemedikleri fikirleri aşağılama ve yönetemedikleri insanlara da şiddet kullanma eğilimindedirler.

Sık sık yalan söylerler:

Kendilerini karşılarındaki insana merhametli ve şefkatli göstermek, öfkeli kişiliklerini maskelemek için ellerinden geleni yaparlar. Evet, çok iyi yalan söylerler. Sizi inandırana kadar olduklarından farklı davranırlar. Öfkelerini baskılarlar.

Herkesi küçümser ve aşağılarlar:

Bu insanları tanımanın en iyi yolu, onları doğal ortamında gözlemektir. Arkadaşlarıyla, ailesiyle, çevresiyle olan iletişimine çok iyi dikkat edin. Mesela bir garsona nasıl davrandığına, büyüklerine karşı tavırlarına, annesiyle olan telefon konuşmalarına ve genel olarak insanlara yaklaşımlarına odaklanın. Öfke ve şiddet eğilimini genel olarak düşünün. Garsona kötü davranan bir insan size iyi davranmaz.

Annesine ağır sözler eden, size karşı şefkatli olmaz. Ve en önemlisi de sizi bir kez aşağıladıysa, saygısızca davrandıysa ve canınızı yaktıysa bunun peşini sakın bırakmayın. Çünkü gördüğünüz belki de sadece bir aysbergin görünen yüzüdür.

Eleştiriye asla tahammül edemezler:

Bu kişilik tipleri sürekli övülmeyi ve onaylanmayı isterler. Tek ve eşsiz olduklarına inanırlar. Yaptıklarını eleştiren, yetersiz bulan ve beğenmeyen insanlara karşı sıfır toleransları vardır. Görmezlikten gelinmeye, sosyal medyadan engellenmeye ve dışlanmaya asla tahammül edemezler. Anında saldırganlaşırlar. Bu onların kırmızı çizgisidir.

Cinsiyet ayrımcılığı en uç noktadadır:

Kendi cinsiyetlerini baskın ve hak edilmiş bir ayrıcalık olarak görürler. Diğer cinsiyeti itaat eden, kabul eden, hizmet eden ve eksik olan taraf olarak görürler. Bunu yapmadıkları zaman ise cezalandırılmasının ve eziyet edilmesinin doğru olduğunu savunurlar. Onları bir birey olarak değil bir beden olarak, ihtiyaçlarını karşılayan bir varlık olarak görürler. Karşı cinsin görevi; yemek yapmak, çocuk doğurmak, evi temizlemek ve itaat etmektir. Bunun dışında varlıklarının bir anlamı yoktur. Bu konuda asla tartışma kabul etmezler ve geri adım atmazlar.

Sabırsız ve özgüveni düşük kişiliklerdir:

Çoğu insana göre dışarıdan güçlü karakterler olarak görünürler ve kendilerini dışarıya böyle gösterirler. Ama içlerinde düşük bir benlik algısı ve güvensiz bir kişilik yaşar. Genellikle sorunlu bir çocukluk döneminden kalma sorunları vardır. İstismar edilme, şiddet görme, dışlanma ve aşağılanma hikâyeleri, çoğunda ortak çocukluk deneyimleridir.

Aşkın Altı Rengi

Sizin Aşk Renginiz Hangisi Acaba?

1973 yılında sosyolog John Lee, "aşkın renkleri" olarak da adlandırılan altı temel aşk stilini tanımlamıştır:*

Eros (Kırmızı): Romantizmle uyum gösteren erotik bir aşk sözkonusudur. Fiziksel çekicilik, tutku ve şehvet ön plandadır. Bu aşk stiline sahip bir kişi partnerinde denge ve uyum arar. Romantik hazların peşinden koşar. Fiziksel yakınlaşmayı bir an önce yaşamak ister.

Ludus (Sarı): Aşk bir oyun ve macera olarak görülür, ciddiye alınmaz. Strateji önemlidir. Bu aşk stiline sahip olan biri sorumluluk almak istemez, aynı anda birden çok ilişki yaşamayı tercih eder. Böyle bir ilişki sözkonusuysa, partneri sıkıcı olmaya başladığında veya ciddileştiğinde kişi ilişkiyi bitirir.

* John Alan Lee, *Colours of Love: An Exploration of the Ways of Loving,* (Toronto: New Press,1973).

Storge (Mavi): Yoğun bir arkadaşlık ilişkisinden doğar ve yavaş bir değişim gösterir. Partnerler arasındaki benzerlik önemlidir. Böyle bir âşık; düşünceli, içten, samimi ve sıcaktır. Derinden bağlandığı partnerini mutlu etmekten haz alır.

Pragma (Yeşil): Mantık duygudan daha ön plandadır. Gerçekçi ve ayağı yere basan bir partner sözkonusudur, duygularını kendine saklamayı tercih eder. Böyle bir âşık partnerinde tam olarak ne aradığının farkındadır. Maddiyat, eğitim, başarı, statü gibi değerleri önemser.

Mania (Turuncu): Çok yoğun duygusallık sözkonusudur. Bu tür bir âşık genelde sahiplenici, kıskanç ve partneri konusunda obsesiftir. Reddedilme korkusu vardır. Partnerinde sadakat ve güven arar. Partnerinden ilgi görmediğinde şiddetli olumsuz duygular yaşar.

Agape (Pembe): Bu stilde karşılık beklemeden vermek önemlidir. Bu aşk stiline sahip bir kişi hassas, sevecen, cömert ve fedakârdır. Kendisinden çok partnerini önemser, onun için partnerinin mutluluğu her şeyden önce gelir. Son derece sadıktır.

"Başına ne gelirse gelsin karamsarlığa kapılma. Bütün kapılar kapansa bile, O sana kimsenin bilmediği gizli bir patika açar. Sen şu anda göremesen de, dar geçitler ardında nice cennet bahçeleri var. Şükret! İstediğini elde edince şükretmek kolaydır. Dileğin gerçekleşmediğinde de şükret," diyor Şems-i Tebrizi.

Ne de çabuk pes ediyoruz. Ne çabuk isyan edip, ne çabuk karamsarlıklar denizine düşüyoruz. Mutluluklarımızı ne çabuk unutup, mutsuzluğa kendimizi ne de çabuk teslim ediyoruz. Umutla sarılacağımız, varlığına sevineceğimiz ve kalpten bir şükürle teşekkür edeceğimiz o kadar sebebimiz varken, olmayana ne çabuk öfkelenip sitem ediyoruz. Biten şeylerin, bizden gidenlerin ve eksilenlerin aslında bizim için ne anlama geldiğini, bize neyi getireceğini hiç bilmeden, gözümüzün önündeki o sis perdesi gitmeden ve yaşadıklarımızın üzerine zamanın o sihirli eli değmeden nasıl da önyargılarımızla hareket ediyoruz.

Nasıl olur da bizler bir kul iradesiyle, koca bir kudretin bizim için layık gördüğü yolu ve sonu bilebiliriz ki? Sabır canlar, lütfen sabır. Sen önünde durduğun kapının süsüne aldanıp, "Burası huzurun ve mutluluğun adresi olmalı," diyerek yanlış kararlar hiç almadın mı? Ya da, gerçekleşmeyen dualarının çok sonrasında, "İyi ki olmamış," şükrünü hiç yaşamadın mı? Hep mi kötü davrandı sana hayat? Hiç dualarının karşılığını almadın mı? Unutma ki sırlarla doludur hayat.

Ve mucizeler sen onlara inandığın kadar sana yakın, inanmadığın kadar uzaktır. İnanmanın özü ise aceleci olmamaktır. İstemektir, beklemektir ve o kapının önünde sabretmektir. Olmayanı sabırla, olanı şükürle karşılamaktır.

Ve yine şöyle der Şems:

"Olmadı diye sızlandığın duaya, gün gelir olmadı diye şükredersin."

Ve ekler Mevlana:

"Üzülme! Dert etme can! Görebiliyorsan, dokunabiliyorsan, nefes alabiliyorsan, yürüyebiliyorsan, ne mutlu sana! Elinde olmayanları söyleme bana, elinde olanlardan bahset can! Üzülme! Geceler hep kimsesiz mi geçecek? Gidenler dönmeyecek mi? Yitirdiğin her ne ise, bir bakarsın yağmurlu bir gecede veya bir bahar sabahında karşına çıkmış. Bil ki güzellikler de var bu hayatta, gelgitlerin olmadığı bir hayat düşünebilir misin? Hüzün olgunlaştırır, kaybetmek sabrı öğretir."

Bu konuda çok sevdiğim bir Habeş hikâyesi vardır:

"Habeşistan'da zamanın birinde, birbirlerini çok seven bir adam ve bir kadın yaşıyor, evlenmek isteseler de adamın daha önceki evliliğinden olan evladı yeni bir anneyi hiç istemiyor. Ne yapalım diye köyün bilgesine danışıyorlar. 'Ne yaptıysam, ne kadar yanaştıysam, ne kadar kendimi ona sevdirmeye çalıştıysam yaklaşamadım ve kendimi sevdiremedim, delikanlı beni istemiyor,' diyor kadın. Bilge kişi, 'Git bir kaplanın bıyıklarından üç tel kopar, getir bana. O zaman senin müşkülatın hallolacak,' diyor. Kadın, *bu kolay iş mi, nasıl yapayım*, diye düşünüyor. Önce kaplana ne mesafede yaklaşırsa problem yaşamayacağını öğreniyor, sonra yavaş yavaş ona yiyecek götürmeye başlıyor, kendisini sevdiriyor, bir süre sonra kaplan onun kötü niyetli olmadığını, kendisini beslemeye geldiğini anlıyor. Yakınlaşıyorlar nihayetinde. O kadar uzun zaman geçiyor ki bu süreçte. Nihayet bir gün kaplan uyurken üç tel almayı başarıyor kadın. Fakat o zaman içinde bir şeyi öğreniyor; her şey yavaş yavaş ve sabırla olur. Bu süre içinde oğlu olacak o delikanlıyla zaten yakınlaşmış oluyor. Zaman ona beklemeyi öğretiyor. O beklemeyi bildiği ve hamlelerini yavaş yavaş yaptığı zaman, tıpkı kaplana yaklaşır gibi, çocuğa yaklaşarak aralarındaki buzları çözebileceğini görüyor."

Kaybedilmiş umut, insanın iç dünyasının kıyametidir.

"Şu dünyada olmazsa olmaz diyeceğiniz neler vardır?" diye sorsam size eminim birçoğunuz, yemek yemek, gezmek, uyumak, su ve sevgiyi ilk başa yazarsınız. Ama birçoğumuzun atladığı, üzerinde pek de durmadığı ve "o" olmadan hayatın yavan kaldığı bir şey daha vardır: Biz ona umut diyoruz.

"Benim artık bu hayattan bir umudum yok," diyen insanların gözlerindeki ışık, gülüşlerindeki sıcaklık ve konuşmalarındaki akıcılık bile farklıdır. Nefes alan ama yaşamayan insanlardır onlar. Geçmişin pişmanlıklarını ve öfkelerini, haksızlıklarını ve kayıplarını içlerinden bir türlü atamazlar. Zor gülen, zor evden çıkan, çıksa da anın tadını çıkaramayan, kendilerini sevmeyen, çabuk öfkelenen ve tutunacak bir dal bulamayan insanlardır. Peki, bir insan nasıl bu hale gelir? Bazı insanlar çok hassas ve çok kırılgandır. Kendileri hariç her şeye ve herkese anlam yüklerler.

Onlar için güvenmek, umutlu olmak ve inanmak; akıntıya karşı tutundukları o ince ağaç dalıdır. Oysa ayakta durmak için insanın şu zorlu zamanda ve şartlarda kökleri daha sağlam sebeplere tutunması gerekmektedir. Mesela umuduna. "Yaşamak için bir nedeni olan herkes, her sıkıntının üstesinden gelebilir," diyor Nietzsche. Yani diyor ki sen ne olursa olsun içindeki umuduna sarıl ve ondan asla vazgeçme. Bir şeyin varlığı seni mutlu edebilir ama yokluğu da seni bitirmemeli. Çünkü artık şunu öğrenmiş olman gerekir: "En sonunda dönüp dolaşacağın yer yine kendin olacaktır, umudun olacaktır." Pas geçme.

Önce kendine karşı umutlu ve merhametli ol. Kendini affetmesini öğren. Kendinden özür dilemesini öğren. Ayrıca insanlarla arana mutlaka biraz yanılma payı bırak. İşte o boşluk, seni ayakta tutacak sebepler sunacak. Kendi umudunu diri tutman gerektiği gibi kimsenin de umudunu kırma. "Asla birilerinin umudunu kırma. Belki de sahip oldukları tek şey odur," diyen Jackson Brown ne kadar haklı, değil mi? En basitinden bir insana, "Tüm umudum sende," demek bile çok risklidir. Onun yerine, "Bir umudum var sende," demelisin.

İnsanlara umut verirken çok dikkatli adım at. Çünkü senin için sıradan olan bir söz, bir bakış ve bir davranış bir başkası için çok anlam ifade edebilir. Verdiğin bir sözün kimde hangi etkiyi yaratacağını, kime sarılıp bir umut olacağını ve ona nasıl bağlanacağını bilemezsin.

Hiçbir şeyin senin yaşama umudunu zedelemesine izin vermediğin gibi kimsenin umudunu da zedelememelisin.

Hayatın ayrı, insanların ayrı zor olduğu bir dönemde iki zorluğun bir araya gelmesinin insanı inanılmaz derecede zorlayan ve hatta zaman zaman nefes alırken bile yorulduğunu hissettiren dönemlerde tutunacağınız tek şey olsun umudunuz. Küçümsemeyin, görmezlikten gelmeyin. Bakın, umudun insan sağlığını da ciddi anlamda etkilediğini Viktor Emil Frankl'ın *İnsanın Anlam Arayışı* kitabını okuduğumda gördüm.

Nazi toplama kampında kıdemli blok bekçisi bir gün Frankl'a garip bir rüya gördüğünden bahseder. Rüyasında bir ses ona bir dilek hakkının olduğunu söyler. Bekçi de savaşın kendisi için ne zaman biteceğini, kampın ne zaman özgürlüğe kavuşacağını sorar. Ses ona 30 Mart cevabını verir. Bekçi rüyayı Şubat 1945'te görmüştür. Bir yıl boyunca umutla bekledikten sonra kampa ulaşan haberlerle bu umutlar yerini hayal kırıklığına bırakır. 29 Mart'ta aniden hastalanan adam 31 Mart'ta hayata veda eder. Bir yıl boyunca kendini ayakta tutan umutların yerini umutsuzluğa bırakması, bekçinin hayattan kopmasıyla sonuçlanır.*

Umut, ruhun gıdasıdır.

Ruhunu beslemekten asla vazgeçme.

*Viktor E. Frankl, *İnsanın Anlam Arayışı,* çev. Özge Yılmaz (İstanbul: Okuyan Us Yayınevi, 2022), 85-6.

**Dünyayı aydınlatan güneş doğudan,
kendi dünyanı aydınlatacak ışık kendi kalbinden doğar.**

İçinde bulunduğumuz zaman hiç birimiz için kolay geçmiyor. Birçoğumuz uzun vadeli planlar yapmıyoruz artık. Zorlu hayat şartları, yalnızlıklar, hastalıklar vs. Bir sürü sebepten içimize kapanmış durumdayız. Evet, çok yorulduk ve hırpalandık. Bedenen ve ruhen zorlandık ve hâlâ bir şekilde zorlanıyoruz. İşte bu yüzden, yüzümüzü güldüren ve bizi mutlu eden sebeplerimizi, imkânlarımızı tekrar gözden geçirmemiz gerektiği düşüncesindeyim.

Sanki beklentilerimizi ciddi anlamda düşürmemiz gereken zamanlardayız. Küçük şeylerden mutlu olabilmeyi, anda kalabilmeyi ve mutsuz olduğumuz zamanlarda kendimize yeni nefes alanları bulabilmeyi öğrenmemiz gerekiyor. Çünkü ruhumuzun aydınlık bir pencereye, bedenimizin de mutluluk hormonuna fena halde ihtiyacı var. Zaman; yüzümüzü asıp bir köşede oturma, karamsarlıkta kaybolma ve dipsiz kuyularda kalma zamanı değil. Doğan Cüceloğlu'nun çok sevdiğim bir sözünde de dediği gibi: "Sen hüzünlüsün diye, dünya durup sana yol vermeyecek."

Belki uzak diyarların gül bahçelerini düşlemek yerine kendi bahçenin çiçeklerini yetiştirmen gerek. Sana lütfedilen ilgi ve sevgiyle gülecekse yüzün yanlış yollardasın. Herkesten önce senin kendini sevmen gerek. Dünyayı aydınlatan güneşin doğudan doğduğunu bildiğin kadar, kendi dünyanı aydınlatan ışığın da kalbinden doğduğunu bilmen gerek.

Ve sakın karıştırma hayatın amacı ile araçlarını birbirine. Çünkü fazla hırs, ulaşmak istediğin şeyin kölesi yapar seni. Unutma, aklı başında bir insanın şu dünyada yaşarken beklediği tek şey vardır: Ben onun adına iç huzuru diyorum. İstersen onu bir papatyanın yapraklarında, yağmur sonrası toprak kokusunda, bir annenin duasında, okuduğun bir kitabın sayfasında veya dinlediğin bir şarkının nakaratında bulabilirsin. Milyonluk evlerinin sayısız odasında huzuru bulamayan insanları da ayrıca bir düşün derim. Yani demek istediğim, bakış açın ve bu dünyadan beklentin sana mutluluğun, huzurun yolunu çizer.

Tam da burada çocukları düşünmenizi istiyorum. Lütfen bir çocuğun gözlerine bakın. Biz büyüklerde ne eksikse, o çocukların gözlerinde tam da o vardır. İşte bu yüzden hayata bazen bir çocuk gözüyle; dupduru, beklentisiz ve anlık bakabilmemiz gerekir. Şimdi geçmişe bir yolculuk yap ve lütfen düşün. "Keşke zaman dursaydı o an," dediğin mekâna ve insanlara dön. Eminim ki kendini bulduğun yerde zenginlik değil samimiyet, güven ve sadelik vardı. İşte senin başlangıç noktan tam da burası olmalı.

Bırakamadığınız şeylerin
esiri olursunuz.

Neyi öğrendim, biliyor musunuz?

Sımsıkı tutunmak yerine bırakmayı. Benden gitmek isteyeni uğurlamayı. İyi gelmediğim ve bana iyi gelmeyen ne varsa bırakmayı. Sessiz, sedasız, kavgasız, kaossuz bırakmayı ve oradan öylece uzaklaşmayı. Başkalarının yolundan gitmek yerine kendi yoluma bakmayı. Birilerini kazanmak için kendimi kaybetmek yerine başkalarını kaybetmeyi ve kendimi kazanmayı. Zaman zaten gösteriyor kaybedeni ve kazananı.

Sımsıkı tutunduğum her ne varsa bırakmak, güçlendiriyor ve yeniliyor hayatımı.

Hak etmediğim şeyleri yaşadıktan, sorumlusu olmadığım bedelleri ödedikten sonra gidecek kimsem olmadığını görüp yine kendime yaslandığımda öğrendim, bana benden başkasının şifa olmayacağını.

Açın avuçlarınızı ve bırakın sımsıkı tutunduğunuz ne varsa...

Yaptığımız en büyük hatalardan biri de bırakmamız gereken şeylere tutunmaktır. İstediğimiz ama bir türlü olmayan şeyleri inatla oldurmaya çalışmak, yıpratır. Gitmemiz gereken insanlarda kalmaya çalışmak, yıpratır. Değersiz hissettiğimiz yerde inatla değer görmeyi beklemek, yıpratır. Hayatta olmazlar da vardır. İnsan bazen olmazları kabullenmeli; bazı şeylerin üzerine gidip sımsıkı tutunmaya çalışmak yerine geri adım atmalı ve yoluna bakmalıdır. Kısacası, sımsıkı tutunmak yerine bırakması gereken ne varsa bırakmalıdır. Çünkü bırakmak rahatlatır ve arındırır.

Peki bunu nasıl yapmalı?

İnsan her ne kadar yaşadıklarından ders alıp tecrübe sahibi olsa da, istediğinde kendisine yeni bir bakış açısı kazandıracak, yeni bir rota çizecek, ilham olacak hikâyeler ve isimler bulabilir.

Mesela bana bırakmak konusunda ilham olan ve sımsıkı tutunup, bırakamayıp esiri olduğum şeyleri bırakmamda süreci hızlandıran ilk Amerikalı Vipassana öğretmenlerinden biri olan Joseph Goldstein'ın maymun tuzağına değindiği hikâyesinden söz etmek istiyorum size.

"Asya'da maymun yakalamak için kullanılan bir çeşit tuzak vardır. Bir hindistancevizi oyulur ve iple bir ağaca veya yerdeki bir kazığa bağlanır. Hindistancevizinin altına ince bir yarık açılır ve oradan içine tatlı bir yiyecek konur. Bu yarık sadece maymunun elini açıkken sokabileceği büyüklüktedir, yumruk yaptığında elini dışarı çıkaramaz. Maymun tatlının kokusunu alır, yiyeceği yakalamak için elini içeri sokup yiyeceği kavrar ama onunla beraber elini dışarı çıkarması olanaksızdır. Sıkıca yumruk yapılmış el, bu yarıktan dışarı çıkamaz. Avcılar geldiğinde, maymun çılgına döner ama kaçamaz. Aslında bu maymunu tutsak eden hiçbir şey yoktur. Onu sadece kendi bağımlılığının gücü tutsak etmiştir. Yapması gereken tek şey elini açmaktır. Ama zihninde açgözlülüğü o kadar güçlüdür ki bu tuzaktan kurtulan maymun çok nadir görülür. Bizi tuzağa düşüren ve orada kalmamıza neden olan şey, arzularımız ve zihnimizde onlara sıkıca sarılmamızdır. Tüm yapmamız gereken; ellerimizi açmak, benliğimiz ile bağlı olduğumuz şeyleri serbest bırakmak ve dolayısıyla özgür olmaktır."*

Bırak ve rahatla...

* Joseph Goldstein, *The Experience of Insight* (Kandy: Buddhist Publication Society, 2008), 76.

Neden Ben?

Hz. Mevlana'nın hayatıma yön veren, yine çok sevdiğim bir sözü var:

"Hayat sana arka arkaya dikenleri gösteriyorsa sakın üzülme, aksine sevin.

Çünkü çok yakında gülü de gösterecektir."

Hayatımız boyunca zamanın bir yerinde dile getirsek de içimizden geçirsek de bu soruyu mutlaka sormuşuzdur kendimize. Bazen güvendiğimiz insanlardan yıkıcı bir darbe aldığımızda, bazen biten duygusal bir ilişkinin ardından, bazen de başımıza gelen olumsuz yaşantılardan sonra ister istemez bu soru aklımıza gelmiştir. Dikkat ederseniz sorunun kendisi bile başlı başına negatif bir duyguyu, haksızlığı ve aşırı bir genellemeyi kapsıyor.

Hadi şimdi tekrar sor bu soruyu kendine: *"Neden sen?"* Milyarlarca insan dört dörtlük bir hayat yaşıyor ve ne hikmetse hayat hepsini bırakıp kafayı sana takmış, değil mi? Geçmişe bakınca hayatın sana oldukça nazik ve bonkör davrandığı zamanlarda, *"Neden ben?"* diye sormayı hiç düşünmediğinden de eminim.

Neyse, konumuza tekrar dönelim ve bakış açımızı biraz değiştirelim. Birçok insanın ortak tecrübesidir, en güvendiği insanlar tarafından incitilmek. Onların hiç de beklemediğimiz davranışlarına maruz kalmak. Hadi geçmişe dönün ve bu konudaki tecrübenizi bir hatırlayın. "O asla öyle bir şey yapmaz, o beni incitmez, o beni yalnız bırakmaz, o beni yanıltmaz vs." dediğiniz insanın yaptıkları karşısındaki öfkenizi, kendinize kızgınlığınızı, insanlara olan güvensizliğinizi ve değersiz hissetmenizi hatırlayın. "Ben insanları tanıyamıyorum," diyerek, kimbilir kaç gecenizi sabah ettiniz. Kimbilir kaç kez, "Ben bunu hak edecek ne yaptım?" sorusunu aklınızdan geçirdiniz.

Peki böyle olumsuz bir yaşantıdan sonra değiştiniz mi? Adımlarınıza daha bir dikkat ettiniz mi? Bazen insanlara adım atarken içinizden bir ses, *Bu insanda yanlış olan bir şeyler var. İyi şeyler hissetmiyorum*, diyerek size alarm verdi mi? Çevrenizdeki insan sayısı azaldı ve daha az kişiyle sırlarınızı paylaşmaya dikkat ettiniz mi? Bazen yalnız kalmanın da ne kadar huzurlu olduğunu hissettiniz mi? İnsanlarla aranıza bir yanılma payı bıraktınız mı? Eskisi gibi kendinizi saatlerce "size sağırlar ülkesine" anlatmak yerine, onların yüzlerine tebessüm edip, "Siz bilirsiniz," diyerek arkanıza hiç bakmadan yolunuza devam ettiniz mi?

Bu soruları sayfalarca doldurabiliriz. Kızdığınız o hayat var ya, bakın size neler öğretmiş. Nasıl da güzel bir öğretmenmiş. Kazandırdığı küçük bir tecrübeyle bile kimbilir sizi kimlerden korumuş ve çevrenizi küçülterek gereksiz birçok insandan sizi uzak tutmuş. Evet, ilk başta biraz hırpalamış, üzmüş ama sonuçta size kötülük etmek isteyen insanlara karşı sizi zırhlarla donatmış. Size güzel bir son hazırlamak için sizi yara berelerle sarıp sarmalamış.

Ama şifasını da içinde eksik bırakmamış. Evet, bunu yaparken bazen kibar, bazen ise kaba davranmış. Yani bir şeyleri size öğretmeye çalışmış. Öğrenemediğinizde de aynı şeyleri tekrar tekrar yaşatmış.

Görünmek istediğin gibi değil, hissettiğin gibi ol.

Hayat diyorum, bazen öyle oyunlar oynar ki insana, anlatmak istediğin ile anlaşılan, planladıkların ile yaşanan ve dışa yansıttığın ile içeride taşınan birbirinden farklı olur. Kafandan geçenler ile gerçekler bir türlü örtüşmez.

Hani güçlü görünürsün de aslında yorgunsundur. Hani yüzünde inatçı bir gülümseme orada durur da çok şeye kırgınsındır. Ama kimseler bilmez, bilmelerini de istemezsin içeride verdiğin savaşın büyüklüğünü. Ve hatta çevrendeki insanlar sorar ve sorgular seni, "Nasıl başarıyorsun bu kadar güçlü olmayı?" diye. Hafif bir tebessüm belirir yüzünde; "Güçlü olmak zorundayım," diye kısa ve net bir cevap verirsin. Sebeplerini ve yaşadıklarını hiç kimse anlamaz, bilirsin.

Ve zamanla, sana kendinden başka liman, seni senden daha iyi anlayan yoktur, öğrenirsin. İnandığın insanların koca bir yalan olduğunu anladığın zaman sadece kendine yaslanır ve sadece kendine güvenirsin. O yaşama inadına, içinde kalan bir damla umuduna ve her sabah aynanın karşısında,

"Yenilmeyeceğim sana hayat," dediğin inancına sarılır, acılarına gülümsersin.

Ve tüm bunları yaşarken yapacağın iki şey vardır: ya görünmek istediğin gibi olmak ya da hissettiğin gibi görünmek. Hangisi olacağın senin elinde.

Ama bana soracak olursanız insanların hayat şartlarının ve ayakta durmanın çok zor olduğu şu günlerde her şeyi tozpembe görmek, abartılı bir iyimserlik içine girmek ve hissettiğimiz olumsuzlukların üzerini sürekli örtmek hiç de sağlıklı değil. Doğru zamanlarda ve doğru yöntemlerle içimizdeki öfke dile getirilmeli, içimiz yanarken yüzümüz gülmemeli ve bizim de bir kalbimiz olduğunu, kırılabileceğimizi, yorulabileceğimizi herkes bilmeli. Bilmeli ki hiç kimse, "o her şeyin üstesinden gelir, o güçlü, halleder" önyargısıyla bize sürekli yüklenmemeli.

Sen duygularınla, mutluluklarınla ve hüzünlerinle yoğrulmuş bir varlıksın. Yani demek istediğim, sevgini hissettir, kızgınlığını dile getir, yorulunca dinlen ve her şeyden önce, bir süper kahraman değil bir insan olduğunu ve önemli olanın nasıl göründüğün ya da görünmek istediğin değil de hissettiğin gibi görünmek olduğunu aklından çıkarma.

Big in Japan Sendromu

"Ben böyle iyiyim, bu bana yeter, az olsun benim olsun, fazlasında gözüm yok," diye diye hapsolduk o yarattığımız küçük dünyamıza. Çıkarmadık başımızı kabuğumuzdan. Hayatın bize verdiğiyle yetinmeye çalıştık çoğu zaman. Oysa kanatlarımızdaki güç, bize sunulan gökyüzünün çok daha ötesindeydi. Ne gücümüzün farkına varabildik ne de zincirlerimizi kırabildik. Kendi yarattığımız küçük dağların tepesini zirve, içinde çırpındığımız bir avuç suyu da engin denizler sandık. Belki korktuk hata yapmaktan, kaybetmekten ve yenildim demekten.

Kimbilir belki de vazgeçtik istemekten, sabırla beklemekten ve hayal etmekten. Gölgesinde kaldık bahanelerimizin. Birileri hayallerimize sınırlar çizerken farkında olamadık potansiyelimizin. Oysa hak ettiğimiz, "Burası bana yeter," dediğimiz yerlerin çok ötesindeydi. Adım atmaya cesaret edemedik.

Yaptığımız tek bir şey vardı: yetinmek. Yetindik. Sadece olanla yetindik. Kendimize sınırlar çizdik. Ve ne tuhaftır ki bu halimizi de anlamsızca sevdik.

İşte bu durumu psikoloji, Big in Japan sendromu olarak açıklıyor. Yani diyor ki, "Sen kendi Japonya'nda mutlusun ama dünyada yoksun."

Konuyu biraz daha açalım.

Birçoğumuzun yaşadığı veya gözlemlediği sendromun adı Big in Japan. Japonya 70'li yıllarda İkinci Dünya Savaşı'nın hasarlarını üzerinden yeni yeni atarken, Batı ve diğer birçok yerin kültürüne fazlasıyla ilgi duyuyor, özellikle dünyanın başka yerlerinden ülkelerine gelen sanatçıları coşkuyla karşılıyorlardı. Özellikle yabancı müziklere ilgi duyan Japonlar, o dönem ülkelerine gelen sanatçıların konserlerine gidiyor, albümlerini satın alıyorlardı.

Bu durum Avrupa'daki müzik gruplarını oldukça heyecanlandırmıştı ve sonra bu sanatçılar Japonya'da sık sık konser verip çok ciddi paralar kazandı.

Kendi ülkelerinde pek de tanınmayan ama Japonya'nın bir numarası haline gelen bu sanatçılara, "Big in Japan!" demeye başladılar. Bu ifadeyle, dünyada pek bilinmeseler de Japonya'da gözde olmaları kastediliyordu. Hatta bu durum zaman zaman Avrupa'da alay konusu bile olmuştu.

Big in Japan terimi yalnızca müzik alanında kalmayıp bir sendroma da dönüştü. Bunun sayısız örneği vardır: okul genelinde pek başarılı olmayıp arkadaş grubunun en başarılısı olanlar, akrabalarının pek haz etmediği ama kendi ailesinin göz bebeği olanlar, küçük bir şirkette müdür olup altında hiçbir çalışanı bulunmasa da o şirkette müdür olduğu için çalışmaya devam edenler...

Bunları yaşayanlar rahat hissettikleri için çoğu zaman konfor alanlarından çıkmak istemezler. Ya daha büyük başarılar elde etmeyi isteyecek kadar özgüvenleri yoktur ya da elindekileri kaybetmekten korkarlar. Peki ya sen, "Küçük dünyam bana yeter," deyip kendi kabuğunda mutlu olanlardan mısın? Yoksa benim hayallerim bu kabuğa sığmaz diyerek zincirlerini kıranlardan mı?

Sınırlarınız mutluluğunuzu belirler.

Bazı insanlar yalnızca "ben" odaklıdır. Kendi menfaatleri, kendi düşünceleri ve kendi istekleri dışında kimin ne düşündüğü, ne hissettiği çok da önem arz etmez onlar için. O an odaklandıkları tek bir şey vardır: içindeki bencilliğin dışavurması sonucu ortaya çıkan isteklerinin gerçekleşip gerçekleşmediği.

Söylediklerine olan tavrınız neticesinde yüz ifadeleri ve ses tonları değişir. Yüzündeki gülümsemeyi ve yakınlığını, kendisinin onaylanıp onaylanmadığına bakarak size sunar.

Anlayış her şeydir. Sınırlarınıza saygı duymayanların hayatınızda barınmasının hiçbir önemi yoktur; aksine, bu size yüktür. Size hiçbir şey katmadığı gibi sizden de çok şey götürür. Zaman gibi, enerji gibi, sinir gibi. Gerektiğinde "hayır" diyebilmek mutluluğa ve huzura ulaştırır sizi. Nasıl bugün ülkemizin sınırında "hudut namustur" yazıyorsa, insan da kendi hayatının sınırlarına şu sözü çiviyle çakmalı: "Sınır huzurdur..."

Evet, sınır huzurdur. Belirleyebildiğin ve bu bencil insanlara uygulayabildiğin sınırların senin mutluluğunu belirler. Herkese "evet" demek zorunda değilsin. Herkesin gönlünü yapmak zorunda değilsin. Herkese yetmek, yetişmek zorunda değilsin. Herkesi mutlu etmek zorunda değilsin. Kimsenin hayatında hiçbir zorunluluğun yok. Şunu anlamalısın; zorunda değilsin. Gönlü olsun diye ve kaybetmemek uğruna "evet" dediklerine "hayır" diyebilme direncini göstereceksin. Göstereceksin ki üzülmeyecek ve aksine, daha mutlu olduğunu göreceksin. Çizgiyi aşanı sil gitsin.

İnsanların istediği gibi biri olmak için doğmadığımın bilincine çoktan vardım ama varana kadar neler yaşadığımı bir ben bilirim, bir de Allah. Dost kazıkları, terk edilmeler, ailevi sorunlar, yarım bırakılmalar, yanılmalar; kısacası kullanılan iyi niyetimin ve yaptığım fedakârlıkların karşısında aldığım vefasızlıklar, bana kalan kırgınlıklar ve acılar sonucunda artık "ben" diyebilmeyi başarabiliyorum. Bunu da belirleyebildiğim sınırlarıma, gerektiğinde kuyruğumu dik tutup her şeyini onayladıklarıma "hayır" diyebilmeye borçluyum. Sınırlarıma saygı duymayan insanları da hayatımdan sildiğimden beri eskisi gibi üzülmüyorum. Benim için hayati öneme sahip bir kavramdır, anlayış...

Bir seferinde, imza günüm için gittiğim bir şehirden eve dönmek üzere otogarda otobüsün hareket saatini bekliyordum. Gözlerimi telefonuma gömdüğüm sırada omzuma biri dokundu. Başımı kaldırdığımda ellerinde dosyalar olan iki genç kadını karşımda buldum.

Kulaklıklarımı merakla çıkardım. Bir bankada çalıştıklarını ve kredi kartı ihtiyacım olup olmadığını sordular. Ben de çalıştıkları bankadan zaten bir kredi kartım olduğunu söyleyip kibarca teşekkür ettim.

Bir müddet düşündüler ve bana mevcut kartımı iptal ettirmemi ve kendilerinden yeni bir kart almamı istediler. Zaten bir kartım varken iptal ettirip tekrar başvuru yapmak mantıksızdı. "Yaptığınız işi biliyorum, belirli bir kotanız var ve insanlara kredi kartı vermeniz gerekiyor ama benim kartım var, yardımcı olmak isterdim ancak hayır," dedim. Aralarından biri bana gülerek, "Teşekkür ederiz o halde yardımcı olmadığın için," dedi. Ben de gülerek, "Ben de teşekkür ederim anlayış göstermediğin için," dedim. O an orada yardımcı olmadığım ve hayır dediğim için ben kötü oldum. İnsanların istedikleri şeyleri size dayatamadıkları, onaylanmak ve işitmek istediği şeyleri duyamadıkları zaman sizi kötü görmeleri ve suçlu bellemeleri sizin değil onların sorunu. Dedim ya, anlayış her şey.

Bir kez daha sana hatırlatmak isterim:
Herkesi mutlu etmek zorunda değilsin.

Siz Hiç Kimsenin Süper Kahramanı Değilsiniz

Sorumluluk duygusu kimilerinde fazlayken kimilerinde beklentilerin çok altındadır. Bazıları her şeyi kontrol altında tutmak ve çevresini mutlu etmek için kendini paramparça ederken bazıların gözleri sadece kendini görür. İşte bu durum kimilerini, çevrelerinin, "O nasıl olsa halleder," dedikleri bir fedaiye dönüştürürken, bazılarını ise sorumsuz bir bireye dönüştürür.

Sevdiklerinin hayatlarını kolaylaştırmak için yapılan bu fedakârlıklar zamanla onların, sorumluluklarından kaçıp tüm işleri, "O yapar," dedikleri insanlara bırakmalarına sebep olur. Günden güne artan iş yükünün ve beklentilerin altında ezilen bu insanların ortak bir özelliği vardır. "Hayır," demeyi bilmezler. "Hayır," dedikleri zaman, insanları kıracakları endişesiyle baş edemezler. "Aman kimse üzülmesin," diyerek kendilerine yüklenirler de yüklenirler. Hayatlarında en çok da kendilerini ihmal ederler. Bu zayıf noktalarını bilenler, bu insanların iyi niyetlerini, samimiyetlerini ve yardımseverliklerini sonuna kadar kullanırlar. Ta ki karşılarındaki insanı tüketene kadar. Peki, biz kendimizi bu konuda nasıl geliştireceğiz, yeri geldiği zaman nasıl "hayır" diyeceğiz ve bizim bu zaaflarımızı kullanmak isteyen insanları nasıl tespit edeceğiz?

Gelin öncelikle yakın çevrelerine hayır diyemeyenlerin ortak özelliklerine bir göz atalım:

- Bu insanlar aslında kendilerinin bir şekilde birileri tarafından kullanıldıklarının farkındadırlar. "Bu kez istemediğim bir şey için hiç kimseye kesinlikle 'evet' demeyeceğim," derler ama yine yapamazlar.
- O kadar ince ve naiftirler ki kendilerinden isteneni yapmadıklarında ya da yapamadıklarında bunun üzüntüsünü uzun süre yaşarlar. Bunu telafi etmek için en kısa zamanda daha büyük sorumlulukları sırtlanırlar.
- Beklentileri reddetmek ve kabul etmek arasında öyle bir ikilem yaşarlar ki yaşadıkları bu ikilem ruh hallerini ve hatta fiziksel sağlıklarını bile etkiler. Sık sık baş ağrıları, yeme ve uyku bozuklukları, kilo kayıpları yaşarlar.
- Bu insanlar çevreleri tarafından kabul görmenin ve sevilmenin, yaptıkları fedakârlıklar dışında mümkün olamayacağını düşünürler. "Hayır" dedikleri zaman sevilmeyeceklerine ve yalnız kalacaklarına inanırlar.
- İçlerine sinmese de ayakları geri geri gitse de hiç istemedikleri ortamlarda, hiç istemedikleri insanlarla görüşürler.

- Kendilerine ait bir sıkıntıyı yakınlarıyla paylaşmak ve içlerini döküp rahatlamak istedikleri zamanlarda bile, masadan karşılarındaki insanların sorunlarını dinlemiş olarak kalkarlar.
- İyi niyetleri, samimiyetleri ve insanlıkları her zaman istismar edilmeye açıktır.
- İnsanların gözlerinde, "O halleder, o yapar, o yorulmaz, o bunu takmaz vs." olarak görülürler.
- Bu insanların yıllar sonra dillerinde ve heybelerinde çok fazla pişmanlık ve keşke vardır. Önceden yaptıklarını, "İnsanlığımdan, iyiliğimden yaptım," diye adlandırırken, çok sonra bu düşünce, "Tanıyamamışım, kendimi boş yere harcamışım, değmezmiş," pişmanlığına dönüşür.
- İkna edilmeleri çok kolaydır. Karşılarındaki insanların en ufak bir duygusal sömürüsü karşısında ağızlarından zorla çıkan "hayır" sözü bile kısa zamanla "evet"e dönüşür.

"Bencil insanların hayatta
bir yerlere gelmeleri için tek bileti,
kendilerine güvenenlerin iyi niyetidir."

Daima başka bir yol vardır.

Teknolojinin günden güne geliştiği dünyada, ona yetişmek ve onunla yarışmak mümkün olmasa da hepimiz ondan iyisiyle kötüsüyle nasibimizi alıyoruz. Zararı olduğu gibi faydası olduğu da aşikâr, bunu hepimiz biliyoruz.

Hayatıma yeni bir bakış açısını da telefonumdaki navigasyon özelliği sayesinde kattım. Şimdi diyeceksiniz ki navigasyon gideceğimiz yeri bulma özelliği dışında insanın hayatına nasıl yeni bir bakış açısı kazandırabilir?

Bir yere navigasyonla gitsem bile sürekli sapacağım kavşakları kaçırmakta üzerime yok. Hatta bir sonraki sapacağım yolu bile kaçırmışlığım çoktur. Biraz da bundan dolayı bu bakış açısını deneyimledim sanırım. Yine o günlerden birinde arkadaşlarla yemek yemek için bir restoranı ararken ben her zamanki gibi sapacağım yolu kaçırdım. Kısa süre sonra navigasyon hemen yeni bir rota oluşturdu ve yeni güzergâha göre giderken arkadaşlarla sohbete dalıp bir sonraki sapağı da kaçırdık. Onun üzerine navigasyon bize bir rota daha oluşturdu ve yeni güzergâhta sapacağımız yeni kavşağa doğru yol almaya başladık.

İşte o an anladım ki ben hiçbir yere sapmadan yoluma devam etsem, bütün kavşakları kaçırsam navigasyon bana daima yeni güzergâh oluşturacak. Tam da o esnada hayatımızı navigasyon gibi yaşamamız gerektiği kanısına vardım. Bu kanıya vardığımda da şöyle bir düşündüm ve gerçekten yüzüme kapanan kapılardan sonra bana açılan nice kapı olduğunu, tıkanan yollarımı değiştirdiğimde ise gidecek başka yollarım olduğunu anımsadım.

İstediğim şeylerin olmayışının üzüntüsünü ve stresini bu şekilde kontrolüm altına alabildim.

Bazen önümüze gelen fırsatları kaçırabiliriz, hayat istemediğimiz gibi gidebilir. O esnada eğer hayatımızı navigasyon gibi yaşarsak kendimize hemen yeni bir rota oluşturabiliriz. Bir yolu kaçırdığınızda veya bir kapı sizin için kapandığında üzülüp zaman kaybetmek yerine, hemen yeni bir rota daha oluşturup yola devam etmelisiniz. Çünkü daima başka bir yol vardır.

Güvendiğin biri seni incittiğinde, değer verdiğini hissetmek istediğin bir insanda bunu göremediğinde, başarılı olmak istediğin zaman başarısız olduğunda, iş görüşmesine gidip işe alınmadığında, kazanmak istediğin sınavı kazanamadığında, kısacası istediğin şeyler olmadığında kendine şunu fısılda: *Rota yeniden oluşturuluyor...*

Başka bir yol her zaman var,
insan öyle ya da böyle bir şekilde o yolu buluyor.

Kendi kaderinin ressamıdır her insan.
Kendine hak ettiğin hayatı çiz.
Kalem senin elinde.

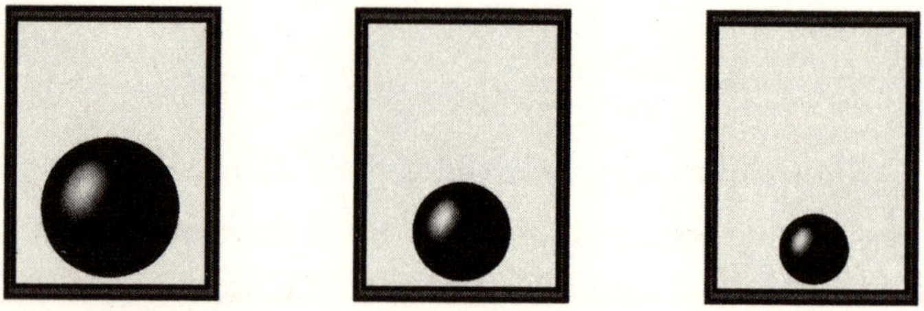

İnsanlar zamanla acının azaldığını zannederler.

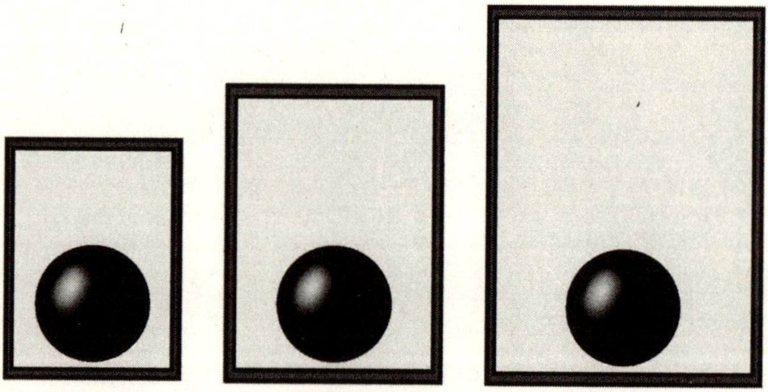

Oysaki; zamanla acının etrafında büyüyen bizizdir.

Acı kaçınılmazdır, adımların illaki sokağından geçer; ama o zor sokakların biri mutlaka denize çıkar.

İnsanların en kısa yoldan mutluluğa nasıl gidebileceği merakına defalarca şahit oldum. Herkes mutlu ve huzurlu olmak istiyor, ki olmalı da. Şimdi sorsak kimse acı çekmeyi, dertlerle ve sıkıntılarla boğuşmayı istemez; çünkü bunlarla mücadele etmeyi bilmeyen insanlar, mental yorgunluğun getirmiş olduğu ağırlığa yenik düşer. İşte bu yüzden insanların odaklandığı tek bir şey var; sadece mutlu olmak.

Kimse hata yapmak, acı çekmek ve bedel ödemek istemiyor ama hatırlatayım, hiçbir mutluluk da acı da sonsuza dek sürmüyor. Mutluluktan da acıdan da gereken payını alıp yoluna devam ediyorsun. Bir mutluluk yaşadığında yıllarca bulutların üstünde uçmadığın gibi, hak etmediğin bir şey yaşayıp kırıldığında da duyduğun acı seni bir ömür yasa boğmuyor.

İşte tam da burada, "Her acı bir gün geçer mi? Acılar mı geçer yoksa biz mi büyürüz?" sorularının cevabı yatıyor. Yaşadığımız hiçbir acı geçmiyor. En hafifinden en derinine kadar hepsi nereye gidersek gidelim bizimle geliyor. Acı kaçınılmazdır, adımların illaki sokağından geçiyor ama o zor sokakların biri mutlaka denize çıkıyor.

Benim hayat görüşümde hiçbir şey sonsuz değil. Her şey bir yerde mutlaka sona eriyor. Biraz gerçekçi düşündüğümde sonsuza değil sona inanıyorum; çünkü her şeyin bir sonu var, her şeye bir ömür biçilmiş. Kullandığımız telefonun, bindiğimiz arabanın, oturduğumuz evin, ilişkilerimizin hatta aldığımız nefesin. Kısacası aklınıza gelebilecek her şeyin bir sonu var şu hayatta.

Önemli olan bunlarla yaptığın yolculuğun iyisiyle kötüsüyle tadını çıkarmak, bize kattıklarının ve bizden götürdüklerinin bilincinde olmak. Hayat dediğimiz şey bölüm bölüm, an an hikâyelerden oluşuyor. Acısıyla tatlısıyla yaşadığımız ne varsa, hepsinin toplamı bizi oluşturuyor. Mutluluğun zevk değil ihtiyaç olduğunu düşündüğüm gibi acının da kaçılması gereken bir şey olmadığını, aksine sonuna kadar yaşanılması gerektiğini düşünüyorum.

Bana göre mutluluğu acı doğuruyor. Acıya teslim olmayan, acının kendisini pişirip büyütmesine izin veren ve ondan payını alan insan mutlu olmanın yolunu kolay bulur, kendimden biliyorum. Mesela şu an bu satırları okurken başında büyük bir dert olabilir. Haksızlığa uğramış olabilirsin. Terk edilmiş olabilirsin. Bir şekilde acı seni bulmuş olabilir. Hatta zaman zaman seni nefes bile alamayacak hale getirmiş olabilir. Ama inan bana dert değil çünkü sonsuza dek sürmeyecek. Acılar, sıkıntılar, dertler ve tasalar biz mezara girene kadar bizi kovalayacak. Zaman zaman yakalayacak, zaman zaman ıskalayacak. Ama hiçbir sıkıntı sonsuza dek sürmeyecek. Bu gerçeği hayatınızın duvarının tam ortasına çiviyle asın; *sonsuza dek sürmeyecek...*

Sonu olan bir dünyada sana biçilmiş bu hayatta, hiçbir acı seni ilk günkü gibi acıtmayacak, boğmayacak ve üzmeyecek. Şu bir gerçek; acılar ve sıkıntılar ömrünün sonuna kadar seninle gelip zaman zaman aklına düşecekler ama seni yenemeyecekler. Neden mi? Çünkü seni büyütecekler. Sen büyüdükçe, onlar küçülecekler.

Peki biz hatayı nerede yapıyoruz? Bence en büyük hatayı içinde bulunduğumuz olumsuz durumların, üzerimizdeki kara bulutların sonsuza dek süreceğine inanarak yapıyoruz ve çok önemli detayı gözden kaçırıyoruz: Büyüyoruz...

Hiçbir şeyin sonsuza dek sürmeyeceğini kendisine kabullendiren bir insan kolay kolay yenilmez. Yeri geldiğinde payına düşen ne varsa alıp yoluna bakmasını bilir çünkü. Sonsuzluk kavramı olmayan bir gezegende, her şeyin sonsuza dek sürmesini bekleyemezsiniz. Beklememelisiniz de. İncinirsiniz. Bir gün her şeyin son bulacağı gerçeğini aklının bir köşesine yazan ve hayatını ona göre yaşayan bir insan olmayı başarabilirseniz yaşadığınız acıların ömrünü kısaltabilirsiniz.

Sayfa 144'e baktığınızda oradaki çerçeveler hayatımızı, içindeki daire ise yaşadığımız acıyı temsil ediyor. Çerçeve büyüdüğünde acının da küçüldüğünü göreceksiniz. Zamanla acının azaldığını zannederiz ama oysaki; acının etrafında büyüyen bizizdir. Şahsen benim yaşadığım her acı daha dün gibi aklımda. Sabahı zor ettiğim gecelerim, içinden çıkamam diye düşündüğüm sıkıntılarım, beni nefes alamayacağım raddeye getiren acılarım; hepsi dün gibi aklımda. Nereye gidersem gideyim hep yanımda. Fakat hiçbiri o ilk zamanlardaki gibi canımı acıtmıyor; çünkü büyüdüm, ben büyüdükçe acılarım da küçüldü.

İnsan acıyı belli bir zaman yaşıyor ama büyüdükçe, geliştikçe ve o acılardan payını aldıkça hiçbir acı eskisi gibi acıtmıyor.

Birinin yokluğu ya da yaşanan herhangi bir haksızlık olsun, bir yerden sonra insana koymuyor.

Sana, "Canını sıkma, ona üzülme, buna üzülme, gamsız olma," demiyorum. Yaşa acını ama hiçbir acıya teslim olma. İzin ver, büyütsünler seni. Acılarınla verdiğin savaşın galibi olmak ve onların seni büyüttüğünü hissetmek de mutlu edecek seni, göreceksin.

Acılar sana hayatını mahvetmek için gelmez.
Seni büyütmek için gelir.
İzin ver, büyüyeceksin.

Kahır göllerinde kürek çekmeyi bırak ve mucizeler okyanusuna yelken aç.

Farkında mısın? Zaman akıp gidiyor. Kimi zaman sakin, kimi zaman ise bir hengâme içinde geçiyor. Elinden tutup da yanında sarıp sarmalamak istediğin, benimle kalsın dediğin ve hiç de kaybetmek istemediğin ne çok şeyi senden alıp götürüyor. Hiç birini yanında saklayamıyorsun, değil mi?

Bir günden, bir aydan, bir yıldan geriye ne kalıyor sana? Sadece anılar, değil mi? Peki ne kadarı yüzünü güldürüyor, kaç tanesi düşündüğünde, "İyi ki yaşamışım" diye seni mutlu ediyor? Peki ya pişmanlıklar, kızgınlıklar, ayrılıklar? Hiçbirini zamanı geriye alıp zihninde aklayamıyorsun, değil mi? Peki ya şu an? Şu an kaç öfkeyi, değiştiremediğin gerçeğini sırtında bir yük olarak taşıyorsun? Şu kısacık ömründe kaç gündüzünü ve kaç geceni, belki de hiç değiştiremeyeceğin pişmanlıklar içinde yaşıyorsun?

Peki, ne zaman kendinle barışacaksın ve ne zaman biraz da kendin için yaşayacaksın? Yarının çok geç olduğunu söylesene, ne zaman anlayacaksın? Ne zaman kendini hatırlayacaksın ve senin onları düşündüğün kadar seni düşünmeyenleri ne zaman unutacaksın? Biraz toparlanmaya, hayatı biraz yakalamaya ve biraz da hayattan zevk almaya ne dersin? "Söylemesi kolay," dediğini duyar gibiyim. Kendine göre haklı nedenlerin de olabilir. Ama bu geminin kaptanı sensin. İster kahır göllerinde kendi etrafında dolaşıp dur ister mucizeler okyanusuna yelken aç. Varlığına ve gerçekleşeceğine inanmadığın hiçbir mucize ve güzellik oturduğun yerden sana gelmez.

Mevlana'nın da dediği gibi;
"Güzel günler sana gelmez,
sen onlara yürüyeceksin."

Babası en derin yarası olanlara...

Ne sen şimdi yanıma gelip, "Affet beni," diyebilirsin ne de ben sana yüreğimin en derinlerinden, "Affettim seni," diyebilirim. Bir yerlerde okumuştum, anneler ölse bile çocuklarının duygularını hissederler diye. Ama babalar için de bu geçerli mi bilmiyorum. Sadece sana içimi dökmek istiyorum. Çünkü şuramda sana ulaşmayı bekleyen o kadar çok cümle birikti ki bunu yüzüne karşı olmasa bile yokluğuna haykırmak istiyorum.

Her gece kahveni içmek için oturduğun o balkondayım şu an. Hep çirkin bulduğun ama dedemin yadigârı olduğu için bir türlü kesemediğin çam ağacına bakıyorum. Çocukluğumu hatırlıyorum baba; bana gülmeyen o yüzünü, çatılmış kaşlarını. İçinde bir nebze şefkat aradığım o gür sesin çınlıyor kulaklarımda. Sana şirin görünmek ve kendimi sevdirmek için yaptıklarımı sen de hatırlıyor musun? Her seferinde senin o sert duvarlarına çarpıp şu çam ağacının gölgesinde tek başıma ağladığım gündüzlerim geliyor aklıma. Ve sonrasında annemin, "Baban seni seviyor ama sevgisini gösteremiyor," diyerek beni sakinleştirmeye çalıştığı gecelerimi düşünüyorum. O zaman da şimdiki gibi aklım almıyor. "Gösterilmeyen bir sevginin ne değeri var ki?" diye sorguluyorum seni. Bir gece bile olsun dizinde uyuyamadığım zamanlarım, şefkatinle hiç okşamadığın saçlarım, "Evladım!" diye sarılıp hiç öpmediğin korkularım ve içimde, "Keşke benim babam da..." diye başlayan hayallerim sorguluyor seni. Artık eskisi kadar kızgın değilim sana. Ama şunu bil ki ben o küçücük yüreğimle sana tutunmaya çalışırken, sen o kocaman bencilliğinle hep ittin beni. Sonra ne oldu, biliyor musun? Sende bulamadıklarımı hayatım boyunca hep başkalarında aradım. Sayende sevgiyi hiç tanıyamadım. Yanlış kararlar aldım. En ufak bir ilgiyi, kocaman bir sevgi sandım. Hayatım boyunca bir orta yol bulamadım. Hep uçlarda dolandım. Ya aşırı bağlandım ya da hep kaçtım. Bak, bugün benim doğum günüm ve yine yalnızım. Bir şeylerin cevabını bulabilmek için çok uğraştım. Mesela neden beni hiç sevmediğin; işte bunun cevabını hiç bulamadım. Şu hayatta oradan oraya savrulurken kendime bir kahraman aradım. Nerede evladını sarıp sarmalayan bir baba görsem kıskandım. Hani derler ya, "Ölüm değil, ölene söyleyemediklerimiz bizi daha çok incitir," diye, haklılar galiba. Ben seni değil senden duyamadıklarımı özlüyorum baba.

Babalar diyorum, babalarından ve atalarından gördükleri yanlışların acısını çocuklarından çıkarmamalı. Hiç kimse ama hiç kimse, "Biz böyle gördük ve böyle büyütüldük," diyerek vicdanını temize çıkaramaz. Küçücük bir yürekte açtığın yaralar öylesine kök salmış ki ruhuma, şu olgunluğumla bile toparlayamıyorum. Zamanında sıcacık bir sarılmayla iyi olacak dertler, üzerinden seneler geçince şifası olmayan bir hale geliyormuş. Senin gözünde bir değerim olmadığı için, o çocuk yanım sevgiye doymadığı için ve gözlerim herkese bin şüpheyle baktığı için seni affedemiyorum baba.

Babası tarafından sevilmemiş, uyumadan önce masal dinlememiş bir çocuğa sevgiyi anlatamazsınız. Yaşayabileceği en büyük sevgisizliği, ilgisizliği ve kimsesizliği yaşamıştır çünkü. Çocuklarınızın kahramanı olamadıktan sonra ne olduğunuzun hiçbir önemi yok bu hayatta. Her şeyden önce onların kahramanı olun, en büyük acısı değil.

**"Gökyüzü gibi bir şey bu çocukluk,
hiçbir yere gitmiyor."**

Edip Cansever

Çoğumuzun geriye dönüp baktığında gidip bir daha asla dönmek istemediği yerdir, çocukluğu. Ömrümüzün anavatanıdır orası. Kiminin sevdikleri vardır orada, kiminin yarım kalmış hikâyeleri. Kimini şefkatiyle sarıp sarmalar, kimini düşündükçe yaralar. Düşündükçe birçoğumuzun yüzünü gülümseten, içini titreten, kimbilir belki de ruhunu derinlere hapseden zamanlardır o çocukluk günleri.

Yetişkinliğimizdeki birçok kararın temeli, insanları seçme veya seçmeme nedenlerimiz ve hayatımızdaki tüm zaferlerimizin, çıkmaz sokaklarımızın yolu hep çocukluğumuza çıkar. İncindiğinde ona koşar. Sevindiğinde ona koşar. Kendini çaresiz ve yalnız hissettiğinde ona koşar. Bilinçaltınızdaki birçok şeyin sesini kısabilirsiniz ama çocukluğunuzda yaşadıklarınızın veya yaşamadıklarınızın sesini asla kısamazsınız. Sevginin ve nefretin tadını orada hatırlarsınız. Saçınızı ve yüreğinizi okşayacak o şefkatli ellerin benzerini orada ararsınız. Çocuk yanınızla güler, yine o çocuk yanınızla ağlarsınız.

İçinizi ısıtmak için geçmişin tozlu raflarını her karıştırdığınızda yine o çocukluk fotoğraflarınıza bakarsınız.

Şimdi size desem ki hadi elinize bir kâğıt kalem alın ve hoşlandığınız ya da hoşlanmadığınız insanların kişilik özelliklerini yazın. Eminim çoğunuz, belki hiç de farkında olmadan o çocukluk yıllarında hayatınıza olumlu ya da olumsuz şekilde yön veren insanların kişilik özelliklerini yazarsınız. Ama burada önemli bir ayrıntıyı da atlamamak gerekir. Yetişkinlikteki çekim alanlarımızı, geçmişteki olumsuz yaşantılarımız belirliyor. Yani baskıcı ebeveynle büyüyenler, müdahaleci ve baskın karakterleri; sevgi dolu, özgür bir aile ortamında büyüyenler ise geliştiren, destekleyen ve özgüveni yüksek bireyleri tercih ediyor.

Hani hep deriz ya, biri olsa da içimdeki tüm boşluğu doldursa, yaralarıma dokunsa ve beni kimsenin anlamadığı yerden anlasa diye, hani insan sevdiğinin gözlerine bakınca, "Evim gibi huzurlusun," der ya, hani insan birinin yanında olduğu gibi davranır, yanlış anlaşılmadığına inanır ve yaşına hiç aldırış etmeden çocuklaşır ya, işte tüm bu güzel duygularda da çocukluğun kalıcı izleri vardır.

İçindeki çocuğu hiçbir zaman öldürme. O yaşamın boyunca senin en yakın arkadaşın olacak.

Hayatta her şey zıddıyla anlamlıdır.

Çoğu zaman hayatın hep istediğimiz yönde akmasını, isteklerimizin en kısa sürede gerçekleşmesini ve mutluluğumuzun sürekli devam etmesini isteriz. Ama çoğu zaman bu isteklerimiz bir temennide kalır. Çünkü hayatta her şey zıddıyla anlamlıdır. Üzerimize sabah doğan güneşin akşama batacağı, çok şeyi kusursuz planlasak da bazılarının bozulabileceği ve bazı durumlarda işlerin raylardan çıkacağı gerçeğini değiştiremeyiz. Evet, bazı günlerin ağırlığı göğsümüzün üzerine oturacak. Bazı insanlar, hiç de hak etmediğimiz halde yine moralimizi bozacak, canımız yine yanacak ve "Ben bunu mu hak ettim?" sorusu yine sorulacak. Ve bu ne ilk ne de son olacak. Sen dursan da hayat durmayacak. Emin ol, "Unutmam," dediğin bazı dertler unutulacak ama bazı insanların yaptıkları ve yaşattıkları asla unutulmayacak. Bazı isimler, bazı yüzler, bazı kelimeler ve bazı gidişler hep aklımızda kalacak. Tabii ki hayatımızda güzellikler de olacak. Hem de hiç de beklemediğin, tam da umudunu kestiğin zamanlarda sana yollar açılacak.

Acı acılığını, mutluluk olmadan bilemez.

İkisi de fazlasıyla seni bulacak ama hiçbiri senin için bir son olmayacak.

Mutluluk çok uzakta değil, biz fazla hipermetropuz.

İçinden geçtiğimiz hayat şartları bizi epey zorluyor. Psikolojimizi, yaşam enerjimizi zorlayan hayat şartları ve insanlarla çevriliyiz. Bu süreçte insanın en çok ihtiyaç duyduğu şeylerden biri mutluluk ve biraz huzur.

Mutluluk, herkesin yaşamayı istediği ama onu keşfetmek için çoğu insanın elinde büyüteçle iz sürdüğü bir duygu bana göre. Çoğumuz bunu nasıl yaşayacağını bilmiyor çünkü fazla mükemmeliyetçiyiz. Olmayan bir şeyin varlığına kapılmış gidiyoruz. Günlerimiz, aylarımız ve hatta yıllarımız onu aramakla heba olup gidiyor. Aslında mutluluğumuzun formülü önümüzde duruyor fakat biz bu konuda biraz fazla hipermetropuz.

Araştırmalar sahip olduğumuz şeyleri düşünüp onlara minnet duyma duygusunun bizi mutlu edebileceğini söylüyor. Hatta bununla ilgili deneyler yapılmış ve beyin nöronlarında olumlu sonuçlara rastlanmış. Çok büyük şeylere sahip olmanıza gerek yok. Ailenizden çok sevdiğiniz bir insanın varlığına duyduğunuz sevgi, giymekten keyif aldığınız bir kazağınız, soluduğunuz temiz hava ve nefes alışverişiniz de buna dahil. Son bilimsel araştırmalar şükran, minnet duyma ve şükretmenin "beden ve ruh sağlığımız için de önemli faydalar sağladığını göstermektedir." * Biz mükemmeli bulacağımız ihtimaline o kadar kaptırmışız ki kendimizi, gözümüzün önünde bizi mutlu edebilecek detayları göremiyoruz. Mutluluk ve iç huzuru, küçük detaylarda saklı ve hiçbiri gözle görülemeyecek küçüklükte de değil. İhtiyacın olan tek şey, ufak bir farkındalık, hepsi bu. Acilen hayatına şükretmenin kısayol tuşunu ekle ve o tuşa bastığında seni huzura götürsün. İşte o zaman mutluluk aslında sahip olduğun şeylerde mi yoksa arayıp bulamadığın mükemmelde mi, görürsün.

Mükemmeli arama fikrini tekrar gözden geçirmeniz için Osho'nun evlilik üzerine yazdığı bir hikâyeden** bahsetmek istiyorum size.

"Hayatı boyunca evlenmeyen bir adam duymuştum ve doksan yaşında ölüm döşeğindeyken birisi ona, 'Yaşamın boyunca evlenmedin fakat nedenini asla söylemedin. Artık ölüyorsun, en azından merakımızı dindir. Bir sır varsa şimdi söyleyebilirsin çünkü birazdan göçmüş olacaksın. Sırrın açığa çıkmış bile olsa sana bir zararı olamaz,' demiş.

* "What Science Reveals About Gratitude's Impact on the Brain," mindful, erişim 11 Kasım 2022, https://www.mindful.org/what-the-brain-reveals-about-gratitude/.

** Osho, *The Dhammapada: The Way of the Buddha*, Cilt 1, s. 68-9.

'Evet, bir sır var. Ben evliliğe karşı değilim ama mükemmel bir kadın arıyordum. Aradım, aradım ve tüm yaşamım kayıp gitti,' demiş yaşlı adam.

'Fakat bu koca dünya üzerinde milyonlarca insan var, onların yarısı kadın, bir tane mükemmel kadın bulamadın mı?'

Ölmek üzere olan adamın gözlerinden yaşlar akmış. 'Evet, bir tane buldum,' demiş.

Soruyu soran tamamıyla şoke olmuş. 'O halde ne oldu? Niçin evlenmedin?' diye sormuş.

Yaşlı adam da, 'Fakat kadın mükemmel bir koca arıyordu,' demiş."

Mutluluk, izini sürdüğün kusursuzlukta değil,
sahip olduğun detaylarda gizli.

Kendisiyle mutlu insanların ortak özellikleri nelerdir?

- Bu insanlar sorunlar karşısında gerçekçi olmayan bahaneler bularak sorunları görmezlikten gelmezler. Ya çözüm ararlar ya da üstesinden gelemiyorlarsa durumu kabul ederler. Sorunun kaynağı başkalarıysa mantıklı bir açıklama beklerler. Kendilerinden kaynaklanıyorlarsa da mertçe özür dilerler.
- Yetinmeyi bilen insanlardır. Mevcut imkânlarını en iyi şekilde kullanmayı bilirler. Yeri geldiğinde küçük şeylerle de büyük mutluluklar yaşarlar.
- En kötü kararın en öfkeli zamanlarda verildiğini iyi bilirler. Sakin kafayla karar vermeyi tercih ederler.
- Bakın burası çok önemli bence: Bu insanlar düzenli beslenir, güne erken başlayıp gece erken yatar. Sağlam bir psikolojinin ancak sağlam bir vücutla olacağını iyi bilirler.

- Çözüm odaklı insanlardır. Negatif bir havaya girdiklerinde kafalarını dağıtacak ve morallerini yükseltecek yeni şeyler bulmakta başarılıdırlar. Bu bazen bir kitap, bazen bir yürüyüş ya da bir kahve bile olabilir.
- Genellemeden kaçan, cümleleri olumsuz bitirmemeye ve iyimser olmaya çalışan insanlardır. Pire için yorgan yakmazlar. Kötü niyetli bir insanla karşılaştıkları ve canları yandığı zaman bunu tüm insanlığa mal etmezler. Tecrübelerini ceplerine koyar, yollarına devam ederler.
- Kendilerini de insanları da olduğu gibi kabul ederler. Değiştirmeye çalışmazlar. Değişimin isteğe bağlı ve ancak sevgiyle mümkün olabileceğine inanırlar.
- Zayıf ve güçlü yanlarını iyi tanıyan insanlardır. Nerede hata yapıp nerede yanlış karar verebileceklerini az çok tahmin ederler. Olayları ve sonuçlarını önceden düşünerek hareket ederler. İşler yolunda gitmese bile, "Vardır bunda da bir hayır," derler ve geçmişe saplanıp kalmazlar.
- Kendi başlarına geçirdikleri zaman dilimini yalnızlığa asla bağlamaz, bundan keyif alırlar.

Tek başına alışveriş yapmaktan, sinemaya gitmekten, yürüyüşe çıkmaktan ve kahve içmekten de oldukça keyif alırlar. Başkalarının tek başına yapmaktan sıkılacağı veya yapmayacağı şeyleri tek başına yapmaktan mutlu olurlar. Çünkü onlar kendilerini, tek başına vakit geçirmeyi yalnızlık olarak algılamayacak şekilde yetiştirmişlerdir.

Hiç çaba gösterilmemiş bir yenilgi senin kaderin olmamalı.

Günümüz insanı yalnız. Günümüz insanı güvensiz. Günümüz insanı öfkeli ve çabuk kırılmakta. Şüpheci, karamsar ve bir miktar da hissiz.

Peki insanların bu kadar olumsuzluğu iç dünyasına sığdıracak ne sebepleri olabilir? Sanırım bunun bir tek cevabı var: günümüz insanı yorgun ve yaralı. Geçmişinde acı çekmiş insanların sonraki hayatlarında bu kadar savunmada ve tek başına kalmalarının başka ne sebebi olabilir ki? Hangimiz eskisi gibiyiz? Hangimiz yaşadığımız olumsuzluklardan sonra güncellemedik hayallerimizi, çevremizi ve yaklaşımlarımızı? Hangimiz bir insana adım atarken korkmuyoruz ki? Ve hangimiz, gördüğümüz bir olumsuzluk sonrasında bazen haklı, bazen ise haksız genellemeler yaparak uzaklaşmıyoruz ki bulunduğumuz yerlerden ve insanlardan? Belki de ihtimal dahilindeki mutlulukları bile bir genellemeye ve küçük bir sebebe kurban ediyoruz.

Evet, fazlasıyla garantici olduk hepimiz. Hayal kırıklığına asla tahammülümüz kalmadı. Oturduğumuz yerde birilerinin bizi bulmasını, devasa değişimler olmasını ve mucizeler bekliyoruz. Ama görüyoruz ki ne gelen var ne giden. Yaşadıklarımıza uhrevi anlamlar yüklüyoruz. Rüyalara, fallara ve yaşadığımız sıradışı olaylara sığınıyoruz doğru insanı bulmak için.

Ama şunu hep unutuyoruz; "Nasip de gayrete âşıktır." Sen hiç kanat çırpmadan nasibine ulaşan bir kuş gördün mü? Peki, karıncaların nasibi ayağına mı geliyor? Ayçiçekleri bile nasibi için güneşe yüzünü dönmüyor mu? Bulanların ancak arayanlar olduğunu söyleyen âlim ne kadar haksız sence? Yani sen önce bir niyet et, gayret et ve acele de etme, mutlaka sabret. Sonrasına nasip de, hayırlısı de ve olup biteni seyret. Bu benim kaderim diyerek odalara kapatma kendini. Kaybedeceksen de hayatın tam içinde kaybet. Hiç denenmemiş, hiç tecrübe edilmemiş ve hiç çaba gösterilmemiş bir yenilgi senin kaderin olmamalı.

Bu kolay olacak demiyorum. Zaten ne kadar zor olduğunu ve olacağını da az çok öğrendik yaşadıklarımızla. Ama bir yenilginin ardından her baktığınızda, "Keşke," demek yerine, "En azından denedim," demenin o vicdan rahatlığı, emin olun ki yaslanacağınız en sağlam nedeniniz olacaktır.

Seni üzerek kazandığını zannedenlere karşı,
rahat olan vicdanın sana yeter.

"Yaşamak değil, beni bu telaş öldürecek."

Özdemir Asaf

Belki çoğumuz farkında değiliz ama kaygımızı artıran, yaşam kalitemizi düşüren ve dünyadan zevk almamızı engelleyen en önemli olumsuzluğun adıdır; aceleci olmak, sakinliğimizi kaybetmek ve telaşlı davranmak. Hep bir geç kalma korkusu, hayatı küçük bir ana sıkıştırma arzusu ve bir şeyleri eksik yaşama duygusuyla, ne zamanın tadına varırız ne de yaşadığımızı zannettiğimiz o güzellikleri gelecekte hakkıyla hatırlarız.

Hayatın tadını çıkaran kimlerdir diye sorsanız bana, yaşadıkları anın tadını çıkaran o sakin insanlardır derim. Kahvelerinin her yudumunu keyifle içen, bir günbatımını gözlerini kırpmadan seyreden ve zamanın kölesi değil zamanın efendisi olup, onu istediği gibi yöneten insanlar gerçekten yaşayanlar ve hayatın hakkını verenlerdir.

Evet, hayat hızlı akıyor günümüzde. Çok şey baş döndürücü bir hızla etrafımızda dönüyor ve biz anlarımızı, çektiğimiz fotoğraf kareleriyle ölümsüzleştirme telaşesi içinde yaşıyoruz hayatımızı. Güzel anlar diye biriktirdiğimiz yaşanmışlıklarımızı ancak ucundan ya da kenarından hatırlıyoruz. Ama merkezinde asla değiliz. Ayrıntılara sahip değiliz. O anın kokusuna, renklerine, havasına ve duygusuna asla sahip değiliz.

Bunun ne demek olduğunu size daha ayrıntılı anlatmak için şimdi çocukluk anılarınıza gitmenizi istiyorum. İlk kokladığınız papatya, ateşte közlediğiniz o patatesin lezzeti, her banyodan sonra ellerinize sinen o sabun kokusu, üzerinde yuvarlandığınız çiçek tarlalarının eşsizliği, odalarımızı ısıtan sobadan yükselen kömür kokusu ne kadar da net, değil mi hafızamızda? Çünkü çocuklukta telaş yoktur, acelecilik yoktur. Onlar anı en güzel yaşayanlardır.

"Ama şu hayat şartlarında bunu yapabilmek ne mümkün?" dediğinizi duyar gibiyim. Size hak vermiyor değilim. Sizden istediğim, sadece kendinize zaman ayırmanız. Günün belirli saatleri, haftanın belirli günleri size ait olmalı. Beden gibi ruh da dinlenebilmeli. Bir saat bile olsa insan mecburiyetlerinden uzaklaşıp kendini şımartabilmeli. Stresin en büyük kaynağı engellenmişlik duygusudur. Yorulduğunuz anlarda dinlenmeyi, sağlığınızdan önemli olmayan işleri bekletmeyi, "Bugünü kendime ayırdım," demeyi öğrenin. Lütfen biraz yavaşlayın.

Ben hayatımda mecbur olmadıkça asla gece yolculuğu yapmam. Uzun yolda da asla yüz kilometre üzeri bir hıza çıkmam. Çünkü üzerimden uçan kuşları, geçtiğim ovaları, dağları, yol kenarında sıralanmış ağaçları izlemek isterim. Benim için sonuç değil süreç önemlidir. Gideceğim yere vardığımda ise aklımda sadece yol çizgileri değil yaşamın ta kendisi kalır.

Hızlı gidilen yol, hızlı konuşan insan, acil verilen kararlar, hızlı ilerleyen duygular ve hızla akan her şey yorar beni. Çünkü zamanla insan daha iyi gözlemliyor çoğu şeyi. Daha çok tadına varıyor yaşadığı günün. Duygularına daha hâkim oluyor. Daha bir güzel âşık oluyor mesela. Daha kolay uzaklaşıyor kendini yoranlardan ve gürültülü ortamlardan. Belki ağır ağır yürüyor ama daha bir derin gözlemliyor her şeyi. Gözleri uzakları pek net seçemese de doğruyu ve yanlışı daha net görebiliyor. Ve bu yaşlarda başlıyor şehrin gürültüsünden uzaklaşıp müstakil bir evde yaşama isteği. Öyle derler ya eskiler, "Toprağa ayağın değmiyorsa hayatın içinde değilsin." Biz ki içimizdeki telaştan dışarıdaki mevsimleri bile kaçırıyoruz çoğu zaman. Buna da yaşamak diyoruz işte.

İnsanlara bir adım atarken bin defa düşünün.

İnsanlar en büyük hatalarını önyargılarıyla ve anlık kararlarıyla yaparlar. Sabırsız davranışları, aceleci adımları ve aşırı özgüvenleriyle kendi sonlarını yine kendileri hazırlarlar.

İnsanları kullanmak konusunda profesyonelleşmiş kötü niyetliler de tam olarak bu zaafları kullanırlar. Gerçek niyetlerini dış görüntüleriyle öyle güzel saklarlar ki kim kuzu, kim kurt, kim iyi, kim kötü asla anlayamazsınız. Bunlar çevrelerindeki insanların en zayıf noktalarını çok hızlı ve doğru bir şekilde bulurlar. Onlar için bu zayıf noktanın adı genellikle iyi niyet, yardımseverlik ve genel adıyla da insanlıktır. Sizin karşınıza tatlı dilleriyle, acınacak halleriyle, bazen güzel kıyafetleriyle ama çoğunlukla altındaki kötü niyeti gizleyen maskeleriyle çıkarlar. Bazen gözyaşları eşlik eder bu oyunlarına, bazen ise toplumun en hassas değerleri. Sizi öyle bir yerinizden yakalarlar ki vicdanınızla ve insanlığınızla baş başa kalırsınız.

Çünkü karşınızda rolünü kusursuzca oynayan bir oyuncu vardır. Kısa bir süre kafanızda soru işaretleri olsa da sonunda çoğunlukla karşınızdaki tiyatronun gerçek olduğuna inanırsınız. Kostümleri ve mimikleriyle önce gözlerinizi boyarlar. Sonra dudaklarından dökülen kelimelerle duygularınızı kontrol ederler. Ve sonunda öyle bir final yaparlar ki karşılarında âdeta büyülenirsiniz. Hatta çevrenize ondan bahsederken, "Çok iyi bir insan," bile dersiniz. Sizin bir kahraman diye bildiğiniz ama gerçekte canınızı fena halde yakacak kişiyi över de översiniz. Sizi dinlerler. Sizi anlıyormuş gibi görünürler. Hatta size yardım bile ederler. Büyük çıkarlar uğruna küçük fedakârlıklar onlar için asla bir kayıp değildir. "Kaz gelen yerden tavuk esirgenmez" felsefesi güderler.

Ne duymak istiyorsanız onu söylerler. Ne görmek istiyorsanız size öyle görünürler. Neye ihtiyacınız varsa o şekle bürünürler. Siz neyi severseniz onlar da aynısını severler. Sizin nefret ettiklerinizden nefret ederler. Yani planladıkları o büyük vurgun günü için size benzerler. Siz duvarlarınızı yıktığınız, kendinizi onların kollarına bıraktığınız, "Ondan bana asla zarar gelmez," diyerek yürekten inandığınız gün ise gerçek yüzlerini gösterirler. Bir yalana, bir yılana sarıldığınızı işte o gün anlarsınız. Sonrasında ne onların eski hallerinden bir iz kalır ne de siz eski siz olursunuz. Siz yıkıntılarınızı onarmaya çalışırken, onlar yeni kurbanları için çoktan yola çıkmışlardır.

Peki, bu insanları nasıl tanıyabiliriz? İşte bu noktada size önerebileceğim tek bir şey vardır ve o da hayattaki her kapıya uyan anahtardır: sabır. Bizim zaaflarımız ve zayıf noktalarımız olduğu gibi, onların da zayıf noktaları vardır. Bu insanların birçoğu amaçlarına tez elden ulaşmak isterler. Süre uzadıkça maskeleri yavaş yavaş iner. Mesela kabalaşırlar, saygılarını kaybederler ve çabuk öfkelenirler. Bu konuda birçok yerde dile getirdiğim sözü yine tekrar etmek istiyorum: "İnsanlara bir adım atarken lütfen bin defa düşünün." Duygularınızla değil, aklınızla hareket edin. Geçmiş yenilgilerinizi hatırlayın. Hatalarınızı tekrar tekrar gözden geçirin. Zayıf noktalarınızı güçlendirin. Hiç kimseye kısa sürede güvenmeyin. Onları zamana bırakın. Ve lütfen onlarla ilgili ayrıntılara takılın. Unutmayın ki birçok gerçek, ayrıntılarda gizlidir. Kalbinizi açmadan önce gözünü açın. Onlara çok yakından değil yeri geldiğinde çok uzaklardan bakın. Çünkü net olan görüntüyü yakından değil ancak uzaktan doğru seçebilirsiniz. Şimdi lütfen aşağıdaki yazıyı içinize sindire sindire, yavaşça okuyun. Çünkü bu yazının tam olarak özeti bu küçük hikâyede gizli.

Kanadı bir derviş tarafından kırılan kuşa Hz. Süleyman sorar,

'Neden kaçmadın?'

Kuş, 'Dervişlik hırkası giymişti, zarar vermez diye kaçmadım...' der.

Hz. Süleyman kısasla dervişin kolunun kırılmasına karar verir...

Kuş itiraz eder: 'Kolunu kırmayın hırkasını çıkarın! Onunla kandırıyor...'"

Duygusal Körlük Nedir?

- Farklıyız ama birbirimizi seviyoruz.
- Dünyaya farklı pencerelerden bakıyoruz ama sevgimiz bizi ortak bir noktada buluşturuyor.
- Beni zıddım olan insanlar çekiyor.
- Kendim gibi insanlarla yapamam diye düşünüyorum.
- Aşk her şeyi affeder diye düşünüyorum.
- Zıtlıklardan gelen zenginliğin mutluluk getireceğine inanıyorum.

Hayatımızın bir bölümünde yukarıdaki ifadeleri ya kendimizden ya da çevremizden çok duyduk, değil mi? Sırf sevdiğimiz için ilişkimizi bir mantık çerçevesine oturtma arayışımız oldu. Aklımızın kabul etmediği gerçekleri yüreğimizin sesiyle susturmaya çalıştık. Hatta bazen çevremizde birçok insanın, "Bu ilişki yürümez," diye bize sık sık uyarılarda bulunduğu zamanlarda bile herkesin karşısına tek başımıza geçip, "Seviyorum, ötesi yok," dediğimiz bile oldu.

Peki, bu kadar insan yanılmış mıydı? Ya mantığımız? O da mı bize düşman olmuştu? Aklımızın hiç mi haklılık payı yoktu? En güvendiğimiz insanlar gerçekten de mutsuz olmamızı mı istiyorlardı? Hepsinin mantıklı bir açıklaması vardı aslında. Ve biz buna *duygusal körlük* diyoruz. Eskilerin deyimiyle, "Aşkın gözü kördür," de diyebiliriz. Evet, zıt kutuplar birbirini çeker; ama duygusal birliktelikler, bilimsel bir çalışma ya da bir süreç değildir.

Araştırmaların ve istatistiklerin ortaya koyduğu bir gerçek vardır: zaman içerisinde aşk duygusu yerini alışkanlığa ve sevgiye bırakır. Çoğu, kısa sürede etkisini yitirir. "Bitmez," dediğiniz, "Hep böyle sevgi yumağı olalım," diye birbirinize söz verdiğiniz ve kendinizi bulutların üzerinde hissettiğiniz o günler inanın bana geçecek. Ayağınız yere bastığında ve aşk yerini alışkanlığa bıraktığında kendinize soracağınız soru, "Hepsi bu kadar mıydı yani?" olacak.

Biz de, "zıtlıklar birbirini çeker" konusunu tam da buradan ele alacağız. İlgi alanları, zevkleri, yaşayışları ve hatta inançları bile birbirinden farklı olan kişilerin birbirini çekme gerçeği ilk başta doğal gelebilir. Çünkü farkı bir dünyayı tanıma isteği hepimizde az ya da çok vardır. Hatta kısa vadede bu yeni dünya bize çok çekici ve renkli gelebilir. Alışık olmadığımız bir yaşam formu bizi bir anda heyecanlandırabilir. Ama zaman geçtikçe, yıllardır kişiliğimizin üzerine inşa ettiğimiz değerlerimiz, zevklerimiz ve savunduğumuz gerçeklerimiz karşı tarafın duvarları ve sınırlarıyla çarpışmaya başlar.

Aşk uğruna affettiklerimiz, görmezlikten geldiklerimiz ve üzerini örttüklerimiz zamanla birer birer çıkar gizlendikleri yerlerinden. Sonra bitmeyen tartışmalar, birbirini acımadan eleştirmeler ve incitmeler başlar. Sonrası zaten malumun ilamıdır. Evet, aşk bir kalkandır. Birbirinize itici gelebilecek birçok düşünceyi, davranışı ve gerçeği gözlerinizden kaçırır. Size hayaller kurdurur, gelecek planları yaptırır ve kulağınızı birçok eleştiriye, uyarıya kapatır. Sonrasında insanın pişman olacağı çok şey yaptırır. Uzaklara götürür, yakınlardan uzaklaştırır ve sözün özü insanı kendine yabancılaştırır. Aşk uğruna ailesini, çevresini karşısına alıp evlenen insanların kısa bir süre sonra dudaklarından hep aynı şu sözü duyduk: "Keşke annemi dinleseydim."

Peki, ilişkimizin sağlıklı bir zemine oturması ve uzun ömürlü olması için bu konuda nelere dikkat edelim? Uzmanların çoğu, bu konuda hep aynı tespitin altını çizmişlerdir. Yani, ortak zevklerin çokluğu bir ilişkiyi uzun soluklu yapar, demişlerdir.

Ciddi kararlar almadan önce kendimize sormamız gereken bazı sorular vardır:

- İlişkinizde onun sevdiği ama sizin hoşlanmadığınız, sırf o seviyor diye yaptığınız ne/neler var? Bu bir katlanma mı yoksa sevginiz mi bu durumun üzerini örtüyor?
- Sevdiğiniz insan sizce nasıl bir anne/baba olur? Yani bu insandan iyi bir anne/baba olur mu?

- Öfkelendiği zaman ve tartışmalarda saygısını kaybediyor mu? Kaybettiği zamanlarda sizin kişiliğinize ne kadar saldırıyor?
- Özür dilemesini biliyor mu? Gönlünüzü almayı gerçekten başarabiliyor mu?
- Hobileriniz ve yapmaktan keyif aldığınız şeylere ne kadar ortak oluyor? Bundan gerçekten zevk alıyor mu?
- Ailelerinizin yaşam tarzları ne kadar benzer, ne kadar zıt?
- Gelecek hayalleriniz ortak mı? Mesela yaşlılığınızda nasıl bir hayat planlıyorsunuz?
- Temizlik, düzen ve sorumluluk konusunda aynı hassasiyete sahip misiniz?
- Toplumsal konularda ortak bir sonuca varabiliyor musunuz?
- Parasal konularda ortak bilince sahip misiniz?

Bu soruların cevapları önemli. İnsan hayatının dönüm noktasının eş seçimi olduğunu düşünüyorum. Bu, ya insanın hayatını bitiriyor ya da insanı küllerinden doğuruyor. Çok önemli gerçekten.

Allah iyi insanlarla karşılaştırsın herkesi.

**"Kendini beğenmiş insanlar,
başkalarını kendilerine hayran sanır."**
Antoine de Saint-Exupéry

İsmi bile kulağa çok itici geliyor, değil mi? Peki bu insanlarla sürekli muhatap olmak veya daha korkuncu bu insanlarla beraber yaşamak nasıl da örseleyici bir yaşam tarzıdır, hiç düşündünüz mü? Bazılarınızın, "Bir de bana sor," dediğini duyar gibiyim. Peki, nedir bu narsisizm? Kimdir bunlar? Nasıl tanımlanırlar ve nasıl kendilerini toplumda belli ederler? Sözlük anlamı "özseverlik" olarak tanımlanıyor. Yani kendine âşık insanlara verilen isim.

Peki, bunun neresi kötü diyebilirsiniz veya kitabınızın ismi de *Senden Bir Tane Daha Yok* diye bir eleştiride de bulunabilirsiniz. Ama durum pek de öyle değil. İnsanın kendi değerini bilmesi ile kendini herkesten üstün görme eğilimi farklı şeylerdir. Her şeyden öte, ister adına megalomani ister egosantrizm isterseniz de güncel tabiriyle adına narsisizm deyin, bu durum bir kişilik bozukluğudur.

Bu insanlar içlerindekini dışarıya yansıtırlar. Özellikle bunu öfkeli olduğu anlarda yaparlar. Kendilerinin öfkelendiği birçok durumda aynısını siz yapınca sizi öfkesini kontrol edemeyen, sinirli ve anlayışsız insanlar olarak etiketlerler. Ve bu etiketi yapıştırmak için çoğunlukla sizi bile bile öfkelendirirler.

Hep onların sorunları önemlidir. Onların dertleri herkesinkinden daha büyüktür. Sizin dertleriniz önemsizdir, kafaya takılacak şeyler değildir. Hatta derdinizi anlatmak için bu insanlarla buluştuğunuzda, o masadan karşınızdaki insanın derdini dinleyerek kalkarsınız.

Derdinizi bile küçük görürler hatta aşağılarlar. Kendi duyguları ve düşünceleri o kadar değerli ve doğrudur ki karşılarındaki insanın düşüncelerine asla saygı duymazlar. Bu durum da doğal olarak onları empati yoksunu insanlar yapar. Sizi öyle bir değersizleştirirler ki varlığınızdan bile şüphe edecek duruma gelirsiniz. Hep onların kararları doğrudur. Hep onlar en doğrusunu bilir. Son karar hep onlarındır. Siz eksiksinizdir ve bir şeyleri sürekli yanlış yapacak kadar donanım sahibi değilsinizdir onların gözünde. Giyeceğinize, yiyeceğinize, gideceğiniz yerlere ve hatta çevrenize bile karışırlar. Sınırları onlar çizer, siz de o sınırlar içinde yaşarsınız. Bu insanlarla uzun süre vakit geçirmiş ve bu tür davranışlara uzun süre maruz kalmış insanların ortak sözleri ise, "Ben ki çok pozitif, yaşamayı seven, hayat dolu ve kendine yeten bir insandım. Bu insandan sonra hayata küstüm," gibi pişmanlık doludur. Çok şeyi göze alıp bu insanları terk etmek istediğinizde ise onlardan duyduğunuz cevap hep aynıdır: "Benden daha iyisini asla bulamazsın."

Yaptıklarının hep sizin için olduğunu söylerler. Onlar için tüm acılarınızın, kırgınlıklarınızın ve huzursuz geçen yıllarınızın tek bir açıklaması vardır: "Aslında tüm yaptıklarım senin mutluluğun içindi." Tabii ki gerçek bu değildir. Yapılanların tümü aslında kendi egolarını tatmin etmek üzerine kurgulanmıştır. Hatta öyle güzel duygu sömürüsü yaparlar ki bunlar için ona borçlu olduğunuzu ve kendi fedakârlıklarıyla hayatınızı güzelleştirdiklerini iddia ederler.

Çevrenizdeki herkes hatta aileniz bile sizin kötülüğünüzü isterken, sadece o sizin iyiliğinizi istiyordur. Bu yüzden sizi çevrenizden uzaklaştırırlar. Kendilerine bağımlı ve muhtaç bir hale getirirler. Bunu yaparken çok zekidirler. Zaaflarınızı çok iyi bilirler ve bunu sonuna kadar kullanırlar.

Evet, bu insanlarla yaşamak çok zordur. Gerçekten de çok yorucudur. Çünkü hatalarını asla kabul edip değişmezler. Kararlarının sorgulanmasına veya değiştirilmesine asla tahammül edemezler.

Şunu asla unutmayın: Hiç kimse mükemmel değildir. Kendini mükemmel ve kusursuz zanneden bir insanın da ciddi kişilik sorunları vardır. "Ben şu hayatta hiç kimseye layık değilim" ne kadar yanlış bir önermeyse, "Şu hayatta hiç kimse bana layık değil" de aynı şekilde narsisist bir düşüncedir.

Çözüm mü? Fark ettiğiniz anda uzaklaşın. Bu insanlarda kalmanın kimseye hiçbir kazancı yok. Israr etmenin ise hiç anlamı yok.

Bakın size yakın zamanda yaşadığım bir olaydan bahsedeyim. Bir akşam sevdiğim bir ağabeyimle maç izlemek için bir mekâna gittik. Maçı izlerken ilerleyen saatlerde arka masamıza bir çift geldi. Şaraplarını söyleyip sohbet etmeye başladılar. Dakikalar ilerledikçe güzel başlayan sohbetleri hararetli bir tartışmaya döndü.

Durum tartışmadan çıktı ve hakaretler havada uçuşmaya başladı. Hemen arka masamızda oldukları için ister istemez biz de konuştuklarına şahit olduk. Erkek kıza diyordu ki: "Seni benden daha çok düşünen ve seven birini bulamazsın, beni anlamıyorsun, beni anla." Kız da, "Hayatında bir ilki başar ve beni anla," diyordu. İkisi de birbirinden anlayış bekliyordu ama ikisinin de içinde birbirini anlama niyeti ve isteği yoktu. Yaptıkları tek şey hakaretleri, aşağılamaları ve suçlayıcı tavırlarıyla birbirlerini incitip yormaktı. Bundan öteye gidemediler.

İşte o an aklıma Monteigne'nin, "Aslında insanlar seni hayal kırıklığına uğratmıyor. Sadece sen yanlış insanlar üzerinde hayal kuruyorsun," sözü düştü. Saatlerce hiçbir sonuca bağlanmayan tartışmalar ve boşa geçen zaman.

Evet, bazı insanlar hayatınızda yalnızca bundan ibaret: zaman ve enerji kaybı. Hayatınızda olmaması izin için daha hayırlı. Diretmeyin. Geçici insanlar üzerine kalıcı duygularınızı inşa edemezsiniz. Bazı insanlar hayatınızda olmamak zorundadır. O insanlarla yaşadığınız tartışmalar, işittiğiniz cümleler ve kelimeler aslında size bir mesajdır. Dikkate alın ve olmuyorsa zorlamayın. Kendinizle ve karşınızdaki insanla inatlaşmayın. Narsisist insanların kalbinden başkası için sevgi ve anlayış çıkmaz, beklemeyin.

Narsisist insanlarla başa çıkamazsınız. Çıkmak zorunda da değilsiniz. Yol verin ve yolunuza gidin.

Sırf seviyorsun diye
kimseye katlanmak zorunda değilsin.
Sana stresten başka bir şey vermezler.
Tahammül edemediğin insanlara
yol vermek de ömrü uzatır.
Stres hastalığı çağırır,
hastalık da ömrü kısaltır.
Yol ver gitsin.

Ruhu Deli Kadınlar

Kahkahaları geldi mi kulağınıza? "Amaan boş ver," diye şu hayatta çok şeyi artık takmayan o tavırları canlandı mı gözlerinizde? Enerjisiyle ve pratik çözümleriyle bazen tuhaf bulduğunuz, bazen hayran olduğunuz ve bazen de uzak durduğunuz kadınlardan bahsediyorum. Eminim bu profile uyan birkaç kişinin ismi şu an dilinizin ucundadır. Belki garip gelecek size ama birçok erkeğin rüyalarını süsleyen kadınlar da tam olarak bu gruba giriyor.

"Yok canım, erkekler güzelliğe meraklıdır," diyebilirsiniz. Bir yere kadar bu konuda haklı da olabilirsiniz. Ama ya sonrası? Sonrasında bir erkeği çeken en önemli özellik gizem ve ruhtur. Özgüveni yüksek, toplum içinde kendini çok rahat ifade eden, kimseden çekinmeyen, güçlü kişiliğini her yerde belli eden, kimseye kendini beğendirmek gibi bir derdi olmayan, içinden geldiği gibi hareket eden, yeri geldiğinde eyvallah demekten çekinmeyen ve kendine güvenen bir kadın birçok erkeğin çekim alanındadır. Ki onlar; yeri geldiğinde hiç tahmin edemeyeceğiniz kadar romantik, yeri geldiğinde çok gerçekçi, yeri geldiğinde güçlü ve cesur, yeri geldiğinde de sizin omzuna ihtiyaç duyacak kadar sevgiye açtır.

Kalplerini açan sadece bir anahtar vardır: O da samimiyettir. İnandıkları ve samimi buldukları bir erkek uğruna yapamayacakları fedakârlık yoktur. Ama birçoğunun ortak kaderi ise tam olarak bu noktada birleşir. Bu konuda hayatlarında çok fazla hata ve yanlış karar vardır. Ve hatta çoğu, sevdikleri zaman nasıl bir insana dönüştüğünü bildiklerinden, yalnızlığı tercih ederler. Çünkü bilirler ki hayattan tırnaklarıyla söktükleri her ne varsa, sevgi uğruna tüm bunları yürekten karşı tarafa verebilirler. Kimbilir belki de bundandır, sohbetlerde konu aşka gelince gülüp geçmeleri ve söylenenlerin çoğunu ciddiye almayıp, "Hadi canım sen de," demeleri.

Aslında içlerinde bir yerlerde o kadar çok isterler ki deli gibi sevilmeyi, özlenmeyi ve biri için değerli olabilmeyi ama bunu asla belli etmezler. Ne zaman içlerindeki o yalnızlık senfonisi kalplerine kadar ulaşırsa hemen geçmişi hatırlayıp mantıklarıyla hareket eder, "Bir daha asla," diyerek acı bir gülümsemeyle ortamı terk ederler. İşte tam da bu yüzden bulundukları her ortamda ilk onlar fark edilir ve ilk onların sesini duyarsınız. Çünkü içlerinde bastırmak istedikleri öyle haksızlıklar, öyle yalnızlıklar ve öyle yarım kalmışlıklar vardır ki tüm bunları ancak böyle bastırırlar. Ne düşündükleri, nasıl hissettikleri ve neden böyle güçlü göründüklerini ise asla uzaktan anlayamazsınız. Çünkü ruhu deli kadınlar ancak yaşayarak anlaşılır. O duvarları aşıp, o köprüleri geçip ve tüm engelleri yıkıp o çocuksu ruha ulaşabilirseniz eğer.

"İftira;
birini suçlamak üzere ileri uzattığın elinin
üç parmağının seni gösterdiğini unutma!"
Nietzsche

Şu hayatta öyle insanlar var ki onlar için mutluluk demek, başkalarını mutsuz etmekle eşanlamlıdır. Bu amaçlarına ulaşmak için en çok kullandıkları yöntem ise iftiradır. Çünkü bu yöntem hem çok kolaydır hem de çok etkilidir. Bunu yaparken karşılarındaki insanın zaaflarından ve hassasiyetlerinden yararlanırlar. Mutsuz etmek istedikleri insanda olanı yok gösterirler, olmayanı da var gibi anlatırlar. İftiranın kaynağını bulmak çok zor olduğu için de rahatlıkla suçlarından kurtulurlar.

İftira öylesine etkilidir ki ülkeleri dağıtmış, yuvaları yıkmış, insanları birbirine kırdırmış ve maalesef çok can almıştır. Sonu bu kadar kötü biten bir davranıştan medet umanlar ise kesinlikle zalimlerdir. Zavallılardır ve insanlıktan nasiplerini almamışlardır. Birinin yaşamına son vermek ile birinin onuruna, gururuna ve kutsal değerlerine saldırmak takdir edersiniz ki hemen hemen aynıdır. Bu konuda Henry Fielding demiş ki: "İftira, kılıçtan daha zalim bir silahtır; çünkü iftiranın açtığı yara hiçbir zaman kapanmaz." Onlar sizinle olan sorunlarını mertçe yüzünüze söyleyemeyen, dile getiremeyen insanlardır. Ama sizin olmadığınız ortamlarda, size karşı öfkelerini ve nefretlerini namertçe üçüncü şahıslara kusarlar.

İftiranın temel nedenlerinden biri de kıskançlıktır. Kendi hayatlarında bir başarı elde edememiş, kendisi ve çevresiyle sorunları olan insanlar kafalarındaki pişmanlık dolu sesleri bastırmak için başkalarının çığlıklarına ihtiyaç duyarlar. Kendi yaralarını başkalarının acılarıyla sarmaya çalışırlar. Sebebi olduğu insanların yıkılışlarını uzaktan izlerken büyük keyif alırlar. Kurbanlarının yanında timsah gözyaşlarıyla ağlarken, sonrasında zafer taçlarını takarlar. Başarılarıyla gururlanırlar. Dedim ya, zavallıdırlar. Dipsiz ve karanlık bir kuyuda yaşarlar. Aydınlık gördükleri her şeye saldırırlar. Bazen bunu tek başlarına ama çoğunlukla grup halinde yaparlar. Aslında bilirler kendilerini bekleyen o muazzam sonu. Kendi elleriyle kendi cehennem ateşlerini yakarlar.

Gelelim bu konuda gönlümüzü nasıl rahatlatacağımıza. Uğradığımız bu haksızlıkla nasıl mücadele edeceğiz? Bu insanlara karşı öfkemizi nasıl dindireceğiz? Şimdi soruyorum: Size karşı böylesi kötü bir davranışta bulunan insanlardan intikam almak için aynı şeyi onlara yapmak ister miydiniz?

"Bana bunu yapana ben de daha fazlasını yaparım, ben de iftira atarım," der miydiniz? Karşıdaki insanın karakterine bürünüp ona karşı, onun silahıyla savaşır mıydınız? Bu soruya, "Ben asla onlar gibi olamam," diyenlerin sayısı eminim ki çok fazla.

Şunu yazın bir kenara: Kötü niyetli insanlar, iyi insanları kendilerine benzettiklerinde çok mutlu olurlar. Onların amacı sadece sizi mutsuz etmek değildir. Bunun altında yatan en gizli amaç sizi kendilerine benzetmektir. İçinde boğuldukları o kötülük girdabına sizi de çekmeye çalışırlar. İşte bu yüzden sizin doğrularınıza, mutluluğunuza, kazanımlarınıza ve inançlarınıza saldırırlar. Bu noktada güçlü durmak zorundayız. İnandıklarımız, şimdiye kadar koruduğumuz insanlığımız ve savunduğumuz doğrularımızdan asla ödün vermemeliyiz. Evet, biliyorum ki çok zor bu haksızlıklara karşı tavrımızı korumak. Asla haksızlık karşısında sessiz kalın, boyun eğin de demiyorum. Hakkınızı sonuna kadar savunun. Yeri geldiğinde yumruğunuzu masaya tabii ki vurun. Bu insanların karşısında öfkenizi size yakışan bir şekilde yüzlerine vurun. Ama lütfen onlara benzemeyin. Ne içinize dert olacak kadar her şeyi içinize atın ne de sonrasında pişman olacağınız, "Bu bana hiç yakışmadı," diyeceğiniz pişmanlıklar yaşayın.

Bu insanlara karşı takınacağınız tavrı önce vicdanınızla sorgulayın ve insanlığınızla tartın. Yeri geldiğinde bazı şeyleri de lütfen zamanın kendisine bırakın. Sonuçta bu insanların da sizin de ne olduğunuzu birçok insan biliyor. Kimin daha haklı olduğuna, sergiledikleri edeple, gösterdikleri insanlıkla ve kişilikle karar veriliyor. Her şeyin ötesinde, kimse size hak vermese de, herkes sizi haksız görüp yalnızlığa terk etse de rahat olun. Her şeyi bir gören ve bir işiten var ki "O" her şeyi görüyor ve biliyor. Mazlum olana hakkını da, zalim olana dersini de emin olun fazlasıyla veriyor.

Bakın Tâhâ suresi 46. ayet ne diyor:

"Korkmayın, bilin ki ben sizinle beraberim; işitirim, görürüm.."

"Bulmak için aramak, başarmak için denemek ve ulaşmak için de yürümek gerekir."

Biliyorum, şimdilerde güvenmek zor insanlara. Adım atmak, inanmak ve bir insan üzerine hayaller kurmak çok zor. Geçmiş tecrübelerimiz "aman dikkat" diye çekiştirirken eteklerimizden, yüreğinin git dediği yerlere gitmek zor.

Peki, hep mi vefasız, hayırsız ve kötü niyetli bu insanlar? Hep mi içten içe bir şeylerden korkarak ve gizlenerek yaşayacağız hayatımızı? Hadi diyelim ki bu bizi olması muhtemel birçok pişmanlıktan korumak için bir çözüm. Ya yaşanması muhtemel güzellikler, mutluluklar ve başlangıçlar ne olacak? Korku ve güvensizlik sebebiyle "hayır" deyip sırtımızı döndüğümüz o insan ya bizim için hayırlı bir kapının tek anahtarıysa?

Hayalini kurmadığımız hiçbir şeyin gerçeğine ulaşamayız. Şimdi siz, "Ama gerçeklerimiz hayallerimizin yanından bile geçmiyor," diyeceksiniz. Hayal kurmaya ve onları gerçekleştirmeye cesaretiniz yoksa o zaman da mecburen mevcut durumunuzu sevmeye çalışacaksınız. Halinizden şikâyet de etmeyeceksiniz. Her karar kendi içinde riskler barındırır. Her seçim bir vazgeçiştir. İleriye attığımız her adım bizi bir şeylerden uzaklaştırırken bir şeylere yaklaştırır da.

"Bulmak için aramak, başarmak için denemek ve ulaşmak için de yürümek gerekir." Yerimizde oturarak ve sürekli şikâyet ederek hiçbir şey değişmez hayatımızda. Dışarıda iyi insanların da bulunduğunu, güneşin bizim için de doğduğunu ve şu hayatta bazı şeylerin ancak sabırla mümkün olduğunu kabul etmemiz gerek. Bir ateşböceği misali, aynı ateşin etrafında daireler çizerek sadece acını tazelersin. Yaşanıp biten, seni sürekli aşağı çekip üzen şeyleri geride bırak lütfen. Onlardan sana kalan tecrübelerini heybene koy ve çık şu karanlıktan artık. "Böyle gelmiş, bu böyle gider," demek yerine, "Yaşayacağım şu ömürden ve benden bir tane daha yok. Onu da hiç kimsenin insafına bırakmaya niyetim yok," demek daha güzel değil mi?

Dışarıdan Soğuk Görünen İnsanlar

Her insan kolay iletişim kurmak, sıcakkanlı ve pozitif bir kişiliğe sahip olmak ister. Kimse etrafında soğuk biri olarak anılmak istemez. Ama takdir edersiniz ki her insanın yaşam hikâyesi de bir diğerine benzemez. Hepimizin içinde yaşanmışlıklar ve yaşanamamışlıklar vardır. Yarım kalmışlıklar vardır. Çocukluğumuzda ve ergenliğimizde maruz kaldığımız zorlu yaşamlar vardır.

Çoğuna itici gelen bu insanların karmaşık iç dünyaları vardır. Soğuk bir kişiliğin altında birçok sebep yatabilir. Zamanında yaşadığı olayların canını yakması sonucu da, "Ben bu çağın insanı değilim," diyerek soğuk görünen insanlar grubuna dahil olunabilir. Anne-baba-çocuk ilişkisinin sağlıklı kurulamaması, yaşanılan travmatik olaylar, sevgi dolu sıcak bir yuvada büyümemek de soğuk kişiliğin başlıca sebepleridir. Ama temelinde hep aynı duygu yatar. Evet, o duygunun adı "korkudur." Toplum tarafından reddedilme korkusu, başaramama korkusu, hata yapma korkusu, incitilme korkusu vs.

Kim bu soğuk insanlar? Kişilik özellikleri neler?

- Aslında konuşmayı, sosyalleşmeyi ve kendilerini ifade etmeyi o kadar çok isterler ki ama yapamazlar. O ilk adımı atamazlar. Böyle durumlarda kaygılarını ve streslerini asla kontrol edemezler.
- Kolay açılamazlar, anlaşılmak ve kendi içlerini açmak için zamana ihtiyaç duyarlar.
- Genelde yalnız takılırlar. Hiç kimseden yardım isteyemedikleri için kendi sorunlarını kendileri çözerler.
- Hislerini asla belli etmezler. Yüzlerinden ne düşündüklerini anlayamazsınız.
- Kendi kişilik özelliklerine benzeyen arkadaşlıklar kurarlar.
- Genelde ciddilerdir. Duygularını anlamak zordur.
- Sanata ve kitaplara karşı zaafları vardır. Onlara kitap kurdu diyebiliriz.
- Dikkatli ve ayrıntıcılardır. Orada değilmiş gibi görünürler ama olup biteni çok iyi analiz ederler. Gözlem yetenekleri diğer insanalar göre daha gelişmiştir.
- Kendilerine göre bir tarzları vardır. Genelin takip ettiklerini ve beğendiklerini beğenmezler. Özellikle moda, müzik ve sanat dallarında diğerlerinden ayrılırlar. Dikkat çeken her şeyden uzak dururlar.
- Duygusal ilişkilerinde platonik takılırlar. Uzun yıllar boyunca uzaktan bir insanı sevebilirler. Sevdiği insanın

bulunduğu ortamlarda bulunmak isterler ama onu uzaktan izlerler. Onunla ilgili tüm ayrıntıları bilirler ama genellikle açılamazlar.

- "Mesafe" onların duruşunu açıklayan en doğru kelimedir. Sosyal alanlarına yaklaştığınızda hemen geri çekilirler.
- Eğer ki bu insanlara zaman tanır ve duvarlarını yıkarsanız içlerindeki zenginlik emin olun ki sizi çok şaşırtacaktır.

Senden Bir Tane Daha Yok!

Yapacağın yolculukların en uzununa kendinle çıkacağını unutma. Ruhunu ve bedenini nasıl beslersen o da sana aynı şekilde cevap verir. İçinde bir yerlerde sürekli senden sevgi ve ilgi bekleyen küçük bir çocuk olduğunu düşün, onu sakın ihmal etme.

Sen birilerini mutlu etmek için yaratılmadın. Hiç kimsenin kurşun askeri veya kapısında hazır bekleyen emir eri değilsin. Bu mavi gökyüzü, bu deniz, birbirini izleyen mevsimler, açan rengârenk çiçekler, evdeki huzur, dışarıdaki özgürlük ve tüm renkleriyle akıp giden hayat senin için de var. Herkes kadar onu yaşamak senin de hakkın.

Tüm insanlar hata yapabilir. Herkes yanlış kararlar alabilir ve geçmişinde bir şeylerden pişman olabilir. Başkalarının da kendi kafanın içindeki sesin de sürekli seni suçlamasına asla izin verme. Hiç kimse sütten çıkma ak kaşık değil. Önce kendini affet. Kötü hissetmene neden olan her hatanın karşısına bir doğrunu koy. Kötü biri değilsin. Sadece hayata hep kötü tarafından bakıyorsun. Hepsi bu. Kendinden nefret etmeye ayırdığın vakti kendini sevmeye harca. En sevdiğin dostlarını aklına getir ve hiç sevmediğin insanları. Onları neden sevdiğini veya sevmediğini düşün. İşte ortaya çıkan resim, senin kişiliğindir. Bir insandan kötü niyetlerinden dolayı uzaksan ve iyi kalpli bir dostuna çok yakınsan senin de güzel bir kalbin vardır. Şimdi bunun için bir kez daha şükret.

Sürekli hayata pozitif bakman ve iyimser olman gerekmiyor. Ki hayat da sana hep böyle ol demiyor. Acıların olacak elbet. Kaygıların, korkuların ve hataların. Ama bunları kabullenmesini de öğren. Ağlaman gerekiyorsa ağla. Haykırmak istiyorsan haykır. Acını çek ve yoluna devem et. Doğada bile dört mevsim varken, sen de hep bahar olmasını bekleme. Kışı da sabırla geçir, sonbahara saygı duy ve baharın tadını da sonuna kadar çıkar.

Dilinden şükrünü eksik etme. Sana verilenin devamını ve sürekliliğini istiyorsan eğer, o nimeti sana verene bir teşekkürü çok görme. Özellikle uzun bir sabır döneminden sonra gelen her hayırlı haber için birini sevindir. Verilen her nimette mutlaka başka birinin de payı vardır. İhtiyacı olan birini mutlu etmek ve yüzünü güldürmek senin mutluluğunun sadakasıdır. Gönülden ve çokça ver. Sen gönülden verdikçe emin ol ki devamı gelir.

Hayatın ne kadar kısa olduğunu ve birçok felaketin de ansızın kapımızı çaldığını görecek kadar tecrüben vardır. Uzun vadeli planlar yaparak yaşam kaliteni yükseltmeyi ve seni mutlu edecek şeyleri erteleme. Küçük mutlulukların birleşerek hayatına kattığı değeri asla küçümseme. Canın ne çekiyorsa onu ye. Gitmek istediğin yerler için harekete geç. Bir çocuk sevindir. Bir çiçek ek. Her sabah aynada kendine gülümse.

Hayatı sadeliğiyle ve sana verdikleriyle sev.

Karamsar, dedikoducu ve içine sinmeyen insanlardan uzak dur. Bu insanlar diplerde yaşar ve seni de aşağı çeker. İnsanları tanıma noktasında kendine güvenmiyorsan onlara büyük değil küçük adımlarla ve sabırla yaklaş. Ve lütfen yapmak istemediklerin için "hayır" demesini öğren.

Unutma, şu hayatta birçok şeyin alternatifini bulabilirsin. Çok şeyin yerini zamanla doldurabilirsin ama kendi yerini asla dolduramazsın; çünkü senden bir tane daha yok...

Ama güneşin bir gün mutlaka doğacak...

Kitabı aldıktan sonra gönderi olarak paylaşım yapacağınız zaman #sendenbirtanedahayok etiketiyle paylaşın. ☺
Ben oradan size ulaşıp teşekkür mesajı göndereceğim.

Hikâye olarak paylaşacağınız zaman da @miracagri hesabımı etiketleyin, yine size oradan teşekkür mesajı göndereceğim. ☺
(Hikâyeyi paylaşırken hesabınız gizli olursa bildiriminizi ve paylaşımınızı göremem.)